A

Frau Shibata ist vierunddreißig und arbeitet als Angestellte in einer Firma in Tokyo, in der sie fast ausschließlich
männliche Kollegen hat. Ständig wird sie bevormundet und
soll Kaffee kochen. Doch dann hat sie eine geniale Idee:
Sie behauptet, schwanger zu sein – und plötzlich wird sie
rücksichtsvoll behandelt, muss keine Überstunden mehr
machen, kann ihre Stadt bei Tageslicht genießen. Wie weit
lässt sich dieses Spiel treiben? Frau Shibata geht aufs Ganze, stopft sich die Kleidung aus und ›erlebt‹ die gesamte
Schwangerschaft. Bis schließlich unausweichlich der Moment der Wahrheit naht …

Emi Yagi wurde 1988 geboren und gilt als *der* Shootingstar
der japanischen Literaturszene. *Frau Shibatas geniale Idee*
ist ihr erster Roman. Er wurde bereits vor seiner Veröffent-
lichung in Japan mit dem renommierten Dazai Osamu Prize
ausgezeichnet.

EMI YAGI

FRAU SHIBATAS GENIALE IDEE

ROMAN

Aus dem Japanischen
von Luise Steggewentz

ATLANTIK

Die Übersetzung aus dem Japanischen wurde
mit Mitteln des Auswärtigen Amts unterstützt durch
Litprom e. V. – Literaturen der Welt.

Die Originalausgabe erschien unter dem Titel *Kūshin Techō* bei
Chikuma Shobō, Tokyo, 2020.
KUSHIN TECHO by Emi Yagi
© Emi Yagi 2020
All rights reserved.

Atlantik ist ein Imprint des Hoffmann und Campe Verlags, Hamburg.

2. Auflage 2023
Taschenbuchausgabe
Für die deutschsprachige Ausgabe:
Copyright © 2021 Hoffmann und Campe Verlag, Hamburg
www.hoffmann-und-campe.de
Umschlaggestaltung und Illustration:
Vivian Bencs © Hoffmann und Campe
Umschlagabbildung: Japan / Tokio: © Andre Benz / Unsplash
Satz: Pinkuin Satz und Datentechnik, Berlin
Gesetzt aus der Aldus
Druck und Bindung: CPI books GmbH, Leck
Printed in Germany
ISBN 978-3-455-01448-8

**HOFFMANN
UND CAMPE**

Ein Unternehmen der
GANSKE VERLAGSGRUPPE

FRAU SHIBATAS
GENIALE IDEE

FÜNFTE WOCHE

Es war kaum zu glauben, wie frisch und saftig das Gemüse am Nachmittag aussah, ganz anders als zu meiner gewohnten Einkaufszeit spät am Abend. An den Blattspitzen des Mizuna-Salats schienen fast noch Tautropfen zu hängen, so sehr strotzten sie vor feuchter Frische. Auch die Kunden wirkten nicht wie sonst. Gelassen suchten sie Lebensmittel für ihr Abendessen aus, das sie später zubereiten und in aller Ruhe verspeisen würden.

War das wirklich derselbe Supermarkt? Es gab kein angetrocknetes Sashimi, kein Hühnerfleisch, das in roter Flüssigkeit schwamm, weil es zu lange in seiner Packung gelegen hatte, keine feindseligen Blicke anderer Kunden, die stumm um reduzierte Fertiggerichte kämpften. Nein, hier wurde das perfekte Shoppingerlebnis inszeniert. Die helle Beleuchtung ließ den Fußboden weiß erstrahlen, und die Hintergrundmusik – eine unaufdringliche Melodie, in der wiederholt der Name des Supermarkts vorkam – vermischte sich harmonisch mit den Geräuschen der Einkaufenden. Ich stellte mich in einer kurzen Schlange hinter einem gebeugten Mann an, der mir kaum bis zu den Schultern reichte. In dem Einkaufskorb, der an seinem schlaffen Arm hing, sah ich ganz oben eine Vorteilspackung Schweinefleisch aus Kagoshima, das für einen *Shabu Shabu*-Eintopf gedacht war.

Als ich mit meiner gut gefüllten Einkaufstasche zu Hause ankam und die metallene Eingangstür aufschloss, war es draußen noch hell. Durch den abrupten Übergang zum Halbdunkel meiner Wohnung wurde mir schwindelig. Ich streifte die Pumps ab und ließ mich auf den Fußboden sinken. Für eine Weile lag ich einfach nur da und überlegte, was für ein Luxus es doch war, inmitten der nicht enden wollenden Spätsommerhitze die vertraute Kühle der Dielen genießen zu können. Wie gut es sich anfühlte, den Kopf zu heben und zu sehen, dass noch Nachmittagssonne in die Wohnung fiel.

Schwangerschaft. Purer Luxus, pure Einsamkeit.

Meine Schwangerschaft hatte plötzlich vor vier Tagen begonnen.

»Die Kaffeetassen stehen ja immer noch da«, hatte der Abteilungsleiter angemerkt, als er zur Schreibtischinsel in unserem Großraumbüro zurückgekehrt war. Der penetrante Zigarettengeruch, der ihn umgab, vermischte sich mit der sowieso schon stickigen Nachmittagsluft.

»Von wann sind die noch mal?«, fragte er, diesmal etwas lauter. »Ach ja, vom ersten Kundenbesuch heute Nachmittag.«

Statt die Stimme zu erheben und mehrmals auf die Uhr zu sehen, hätte er Tassen und Kanne auch selbst zur Spüle bringen können, aber auf die Idee kam er nicht.

Niemand sah auf. Niemand fühlte sich angesprochen. Ich tat es meinen Kollegen gleich und fixierte einen Punkt auf meinem Computerbildschirm. Die weiße Fläche teilte sich unter meinem starren Blick zu einem Muster auf. Ich bin beschäftigt, sagte ich mir. Ja, ich hatte wirklich genug zu tun. Der Liefertermin stand kurz bevor und ich musste noch den Halbjahresbericht fertigstellen. Ich hatte genauso wenig Zeit wie alle anderen in diesem Büro.

Ein Schatten legte sich über meine Exceltabelle.

»Die Kaffeetassen.«

Jemand schien etwas mit den Kaffeetassen besprechen zu wollen. Wie seltsam. Ich presste meine Lippen fest aufeinander, um den trockenen Atem der Person hinter mir nicht selbst einatmen zu müssen, und hämmerte mehrmals auf die Leertaste.

»Frau Shibata.«

Es war der Abteilungsleiter. Ich konnte den Zigarettengestank beinahe als Rauchwolke vor mir sehen.

»Frau Shibata, die Tassen stehen immer noch im Besprechungsraum. Die müssten mal weggeräumt werden.«

»Ja … Okay.«

Ich stand langsam auf, ließ mir absichtlich Zeit. Der Abteilungsleiter war bereits zurück an seinem Platz am anderen Ende der Schreibtischinsel und brachte sein orthopädisches Sitzkissen in Position, seine neueste Errungenschaft aus dem Internet, wie er uns hatte wissen lassen.

Keiner meiner Kollegen hob den Blick. Wieso sollten sie auch, Aufräumen ging sie ja nichts an. Es war ihnen bestimmt noch nie in den Sinn gekommen, dass es solche Arbeiten überhaupt gab. Also machte ich mich auf den Weg zum Besprechungsraum im selben Stockwerk und richtete nebenbei noch einen Papierkorb auf, der umgekippt auf dem Gang lag.

Der sogenannte Besprechungsraum war eine mit Wandschirmen abgetrennte Zimmerecke, in der ein paar Tische und Stühle standen. An den Wandschirmen hafteten Tesafilmreste. Ich wusste nicht, was sie dort zu suchen hatten, aber sie waren überall, und einige klebten noch, wenn man sie berührte. Im unteren Stockwerk gab es einen richtigen Sitzungsraum, doch der war dem Management vorbehalten, für uns also tabu.

Die ganze Sache hatte nur ein kleines Experiment sein sollen, das den Namen »Widerstand« gar nicht verdiente. Ich hatte mich gefragt, ob einer der Besprechungsteilnehmer die Tassen selbst in die Küche bringen würde. Vielleicht hätte ja einer von ihnen gedacht: »Endlich ist die Besprechung vorbei. Oh, da stehen noch die leeren Kaffeetassen! Den Kaffee hat uns freundlicherweise Frau Shibata gekocht und hergebracht, die Tassen wegzuräumen, ist das Mindeste, was wir tun können.«

Ich war neugierig, was passieren würde, wenn einmal keine Frau Shibata, die selbst gar nicht an der Sitzung teilgenommen hatte, den richtigen Moment abpassen würde, um das dreckige Geschirr abzuräumen und abzuwaschen.

Eigentlich hatte ich vor, es dabei zu belassen und alles wie immer selbst zu erledigen, wenn sich kein anderer darum bemühte. Und das hätte ich wohl auch getan, wenn in den Kaffeeresten keine Zigarettenstummel geschwommen hätten und der Gestank der abgestandenen Kippen um halb fünf nicht schon so unerträglich gewesen wäre.

»Verzeihung«, sagte ich, als der Abteilungsleiter mit einer

Tasse und einem Teebeutel in der Hand an mir vorbeilief. Er wollte sich bestimmt einen Tee aus japanischem Engelwurz machen, von dem er in letzter Zeit immer schwärmte.

»Könnten Sie das Aufräumen heute für mich übernehmen?«

»Wie bitte?«

»Ich kann nicht.«

»Wie, Sie können nicht?«

»Ich bin schwanger. Vom Kaffeegeruch wird mir schlecht und von Zigarettenqualm auch. Schwangerschaftsübelkeit. Überhaupt ist das hier doch eigentlich ein Nichtraucher-Büro.«

Und so wurde ich schwanger.

Als mich die Personalabteilung nach dem voraussichtlichen Geburtstermin fragte, nannte ich ein willkürliches Datum Mitte Mai des nächsten Jahres. Nachträglich rechnete ich aus, dass ich mich in der fünften Schwangerschaftswoche befinden musste. Ein bisschen früh, um es dem Arbeitgeber mitzuteilen, aber was sollte man machen, jetzt hatte ich die Bombe platzen lassen.

In der Personalabteilung wurde mir gesagt, ich solle mich nicht überanstrengen und mit meinen Kollegen besprechen, wie viel ich während der Schwangerschaft arbeiten könnte. Ich ging zum Abteilungsleiter, der sich wiederum an den Sektionschef wandte, aber auch dieser wusste nicht, was zu tun war. Kein Wunder, denn in der Produktionskontrolle, meinem Arbeitsbereich, waren nur Männer beschäftigt. Bevor ich in dieser Firma, die Papierrollen herstellte, angefangen hatte, waren in der Abteilung offenbar noch zwei weibliche Halbtagskräfte angestellt gewesen, doch die eine hatte aufgehört, um ihre Eltern zu pflegen, und die andere hatte geheiratet und war Hausfrau geworden.

Ohne mir große Hoffnungen zu machen, fragte ich, ob ich vorerst pünktlich Schluss machen dürfe, zumindest bis ich die kritische Phase überwunden hätte. Ja natürlich, lautete überraschend die Antwort. Es war gut möglich, dass man sich hinter meinem Rücken über mich beschwerte, aber das war mir egal. Ich gab einen Teil meiner Arbeit ab und machte von nun an zwei, drei Stunden früher Schluss. Vermutlich lief das alles nur so reibungslos, weil meine Vorgesetzten keinerlei Erinnerungen an die Schwangerschaften ihrer eigenen Frauen hatten. Sowieso schien sie die Verkürzung meiner Arbeitszeit kaum zu interessieren, denn sie hatten ein viel dringenderes Problem: Kaffee.

Wer würde ab jetzt bei Kundenbesuchen den Kaffee kochen und servieren? Wer würde das Geschirr abräumen? Wen in der Firma musste man ansprechen, wenn die Milch ausgegangen war? Ich solle doch bitte mal in Word einen Leitfaden dazu erstellen. Die Männer diskutierten das Thema ohne mein Beisein aus und übertrugen die Aufgabe einem jungen Kollegen, der vorletztes Jahr frisch von der Universität zum Team gestoßen war.

»Das ist ja gar nicht so schwer!«, sagte er erstaunt, als ich ihm in der Teeküche vormachte, wie das mit dem Kaffeekochen ging. Er hatte mich um eine Einweisung gebeten.

»Stimmt«, antwortete ich. »Das hat Instantkaffee so an sich.«

SIEBTE WOCHE

Als ich vor zwei Wochen zum ersten Mal um diese Uhrzeit nach Hause gefahren war, dachte ich noch, all die Leute in der Bahn seien zu einer Veranstaltung unterwegs oder kämen von einem Kundinnenbesuch und seien auf dem Rückweg in ihre Firma. Als mir aufging, dass sie nach Hause fuhren, war ich wirklich verblüfft – so viele Menschen, die sich so früh auf dem Heimweg befanden und nicht einmal besonders froh darüber schienen. Kurz nach fünf Feierabend zu machen, war für sie offenbar normal.

Heute sah ich mir die Fahrgäste einmal genauer an. Ein Großteil war viel älter als ich, es gab aber auch eine Handvoll Frauen, die einige Jahre jünger waren. Die jungen Frauen blickten stumm auf ihre Handys und zupften ihre femininen Röcke zurecht. Sie waren besser geschminkt als meine Mitfahrerinnen am späten Abend. Bröckelndes Make-up schien ein Fremdwort für sie zu sein. Ihr Teint war frisch und ihre Wangen leuchteten blass rot, als hätten sie eben erst Rouge aufgetragen.

Dagegen waren die älteren Frauen überhaupt nicht geschminkt. Was sie kennzeichnete, war ihre Kleidung. Sie trugen fast ausnahmslos enganliegende »Langarmshirts«.

13

Keine Hemden, Blusen oder Pullover, sondern etwas, das man nur »Langarmshirt« nennen konnte. Farblich war neben schwarz und weiß die gesamte Pastellpalette vertreten, von zartrosa über hellgelb bis hin zu fliederfarben. Weite Hosen und Sportschuhe rundeten das Outfit ab. Während ich in meine Betrachtungen versunken dastand, sah ich, wie eine Frau in pastellgrünem Langarmshirt eine Thermosflasche aus ihrer Tasche holte und unbekümmert kalten Tee trank. Es mussten Eiswürfel in der Flasche sein, denn beim Einschenken klirrte es leise.

Ich stieg aus der Bahn und ging in den Supermarkt, wo ich Fleisch und Gemüse für ein Gericht kaufte, das ich während der Heimfahrt im Internet herausgesucht hatte. Über ausverkaufte Zutaten musste ich mir nun ja keine Gedanken mehr machen. Ich konnte sogar Gemüse direkt vom Erzeuger und saisonalen Fisch ergattern. Als ich an der Kasse wartete, sah ich draußen eine Gruppe Jungen vor einem *Takoyaki*-Stand. Die einheitlichen Sporttaschen mit Schullogo, die sie über ihre Schultern geworfen hatten, verrieten, dass sie aufs Gymnasium gingen. Gierig verschlangen sie ihre Oktopus-Teigbällchen. Für mich sahen ihre gebräunten Gesichter alle gleich aus.

Schon wieder war es erst halb sieben, als ich zu Hause ankam. Ich trat auf den Balkon und hörte jemanden auf dem Klavier immer wieder dieselbe Passage spielen. Nachdem ich die Wäsche hereingeholt und die Wohnung gesaugt hatte, fing ich an zu kochen. Während Geflügel und Wurzelgemüse – die heutige Hauptspeise – in einer würzigen Fischbrühe vor sich hin köchelten, bereitete ich noch eine

Misosuppe mit Aubergine und eine Beilage aus Spinat und Fischpastete zu.

Das Kochen war bereits zur Gewohnheit geworden. Ich hatte jetzt genug Zeit, um neue Rezepte auszuprobieren und auf eine ausgewogene Ernährung zu achten, wie es Schwangere so taten. Mein Hautbild hatte sich durch den neuen gesunden Lebensstil verbessert und ich hatte vom vielen Essen leicht zugenommen.

Gestern Mittag hatte mich der Kollege, der mir gegenübersaß, gefragt, wie es mittlerweile mit der Schwangerschaftsübelkeit aussähe.

»Nicht mehr so schlimm wie am Anfang«, antwortete ich.

»Ach, dann ist ja gut«, sagte er. »Ich hatte mich gewundert, was los ist, weil Sie in letzter Zeit gar keine Fertiggerichte aus dem Convenience Store mehr essen. Man muss in der Schwangerschaft wohl auf einiges achten.«

Er hatte recht. Seit letzter Woche machte ich mir täglich eine Lunchbox für die Firma.

Die Dunkelheit setzte ein, als ich mit dem Essen fertig wurde. Wie ein Vorbote der Nacht wehte ein Luftzug durch das geöffnete Fenster und strich über meine nackten Füße.

Ich stand auf und zog die Vorhänge zu. Dann ging ich ins Bad und ließ warmes Wasser in die Wanne einlaufen.

In letzter Zeit badete ich fast täglich und benutzte manchmal einen der Badezusätze, die ich im Laufe der Jahre geschenkt bekommen und im Schrank unter dem Waschbecken gesammelt hatte.

Vielleicht bildete ich es mir nur ein, aber diejenigen Zusätze, die teuer aussahen, kamen mir besonders erfrischend vor. In den wirklich stressigen Phasen, in denen ich erst spät nachts nach Hause gekommen und vor Erschöpfung zu nichts mehr fähig gewesen war, hätte ich sie wohl besser gebrauchen können als jetzt, aber damals hatte ich ans Baden gar nicht denken können.

Heute Abend würde sich meine Wanne in das Tote Meer verwandeln. Das Badesalz würde in meine Poren dringen, die Schweißdrüsen stimulieren und sämtliche Schadstoffe aus meinem Körper schwemmen – so zumindest versprach es der Verpackungstext. Ich legte meinen Kopf auf den Rand der Wanne und es kam mir vor, als triebe mich das Salzwasser nach oben. Während ich schutzlos im Toten Meer schwamm, musste ich unwillkürlich an einen Dugong denken, einen seltenen Vertreter der Seekuh, den ich ein einziges Mal in einem Aquarium gesehen hatte. Langsam war er durch das türkisfarbene Wasser geglitten und in seinen Augen hatte ich weder Berechnung noch die Angst, selbst Opfer einer Berechnung zu werden, erkennen können. Durch und durch gutmütig hatte er gewirkt.

Als ich mir nach dem Baden die Haare föhnte, wurde mir auf einmal ziemlich heiß. Das Meersalz zeigte seine Wirkung. Von der Straße wurden Stimmen von Schülerinnen, die an meinem Haus vorbeiliefen, hereingetragen. Während ich ihnen lauschte, stellte ich den Ventilator, den ich eigentlich schon im Schrank hatte verstauen wollen, in die Mitte des Zimmers. Ich setzte mich auf mein kleines Sofa. Musik machte ich keine an, obwohl ich mich eigentlich immer für musikaffin gehalten hatte.

Auf dem Weg zur Station und beim Warten auf Freundinnen oder die Bahn hörte ich ständig Musik über mein Handy und im Sommer besuchte ich regelmäßig Festivals. Aber seltsamerweise wusste ich jetzt, da ich Zeit zur Genüge hatte, nicht, wie ich in meiner leeren Wohnung unsichtbaren Künstlerinnen bei der inbrünstigen Darbietung ihrer Lieder lauschen sollte. Wo sollte ich meinen Blick lassen? Was für ein Gesicht müsste ich machen? Bei Bands mit vielen Mitgliedern war mein Unwohlsein am größten. Ich fragte mich, wie es andere machten, die Musik zu ihren Hobbys zählten. Schlossen sie beim Zuhören die Augen? Starrten sie Löcher in die Luft oder wippten sie leicht mit dem Kopf und schwangen ihre Hüften? Wie wenig ich doch mit meinen über dreißig Jahren von der Welt wusste.

Ich schaltete nur das warme Licht der Stehlampe ein und legte meinen Kopf auf die Armlehne des Sofas. In meiner Phantasie schrieb ich Sätze an die weiße Zimmerdecke. Dann fing ich an, eine Melodie zu singen, die mir spontan in den Sinn kam. Meine Stimme klang schwächer und kratziger als beim Reden, aber sie gefiel mir so. Es machte Spaß, also setzte ich dieses Spielchen noch ein wenig fort. Ich schaute auf die Uhr. In meinem früheren Leben hätte ich ungefähr jetzt mit dem Essen begonnen.

Der Abend war noch jung.

ACHTE WOCHE

Seit nunmehr einer Woche machte ich zwischen dem Abendessen und dem Baden Dehnübungen. Den Anlass dafür hatte eine Kollegin aus einer anderen Abteilung gegeben, die plötzlich an meinem Schreibtisch erschienen war und mir eine Kopie aus einer alten Zeitschrift mit Dehnübungen für die erste Schwangerschaftsphase in die Hände gedrückt hatte. »Achten Sie gut auf Ihren Körper«, hatte sie gesagt.

Ein weibliches Model mit auffällig dünnen Augenbrauen und schon lange aus der Mode gekommener, weiter Sportkleidung machte die Bewegungen vor. Unter dem Foto eines Mediziners standen Erklärungen, doch genau dieser Abschnitt war in der Kopie verschwommen. Ich hatte die Übungen trotzdem ausprobiert, Zeit hatte ich ja genug, und festgestellt, dass sie die Verspannung in meinen Schultern linderten, weshalb ich sie jetzt regelmäßig machte.

Einen Kräutertee mit hohem Folsäuregehalt, den ein befreundeter Gymnastiktrainer meiner Kollegin zubereitete, hatte ich auch noch geschenkt bekommen. Zwar rochen die strahlend grünen Blätter leicht nach Schwefel, aber der Tee daraus schmeckte wirklich gut. Heute hatte ich ihn für mehrere Stunden in kaltem Wasser ziehen lassen und nun sickerte die kühle Flüssigkeit langsam in meinen unbewohnten Bauch.

Außer der Frau mit den Dehnübungen, meinen direkten Sitznachbarn am Arbeitsplatz und dem Mitarbeiter aus der Personalabteilung sprach mich zunächst niemand auf die Schwangerschaft an.

Seit am Monatsende aber bei unserer Abteilungsversammlung bekanntgegeben worden war, dass ich im Frühling in Mutterschutz gehen und ab Jahresbeginn schrittweise meine Aufgaben übergeben würde, erkundigte man sich regelmäßig nach meinem körperlichen Befinden.

Bei jeder Bewegung, ob ich nun kurz stehenblieb oder von meinem Platz aufstand, konnte ich mir eines besorgten »Alles in Ordnung?« sicher sein. Die Frage, ob es ein Junge oder Mädchen werde, oder gar Glückwünsche blieben dagegen weitestgehend aus. Das lag sicher daran, dass ich nicht verheiratet war. Und diesem empörenden Umstand war es wohl auch geschuldet, dass fast die gesamte Belegschaft unserer kleinen Papierrollenfertigungsfirma über meine Situation Bescheid zu wissen schien, obwohl offiziell nur meine Abteilung in Kenntnis gesetzt worden war.

Wenn ich im Fahrstuhl oder am Kopiergerät stand, bemerkte ich verstohlene Blicke auf meinen Bauch. Und als ich mir letztens am Automaten ein Getränk hatte ziehen wollen, war die Unterhaltung in der Sekunde verstummt, als ich den Aufenthaltsraum betreten hatte. Irgendein Thema war abrupt peinlich berührtem Schweigen gewichen. In solchen Momenten hatte ich mir angewöhnt, meine Hand auf den leeren Bauch zu legen und ihn liebevoll zu streicheln.

Ich musste nur überzeugend genug auftreten, sagte ich mir, der Rest käme wie von selbst.

Einer der wenigen, der aktiv das Gespräch suchte, war Herr Higashinakano auf dem Platz neben mir. Er hatte mich sofort nach der offiziellen Verkündung meiner Schwangerschaft abgepasst.

»Haben Sie schon einen Namen?«, hatte er sich erkundigt.

»Ich weiß noch nicht einmal, ob es ein Junge oder ein Mädchen wird.«

»Ah, verstehe.«

Daraufhin zählte er etwas an seinen Fingern ab, nickte mehrmals gewichtig und ging davon. Bei jeder Bewegung seines Kopfes regnete es weiße Flöckchen. Schuppen.

Ab diesem Zeitpunkt fragte mich Herr Higashinakano täglich, wie es mir gehe. Sobald ich mir eine Jacke überzog, wollte er wissen, ob ich fröre, und beim kleinsten Hüsteln drängte er mich zu einem Arztbesuch. Letztens hatte ich mitbekommen, wie der Abteilungsleiter Herrn Higashinakano wegen eines mangelhaften Berichts abmahnte. Hochkonzentriert tippte er danach etwas in seinen Computer. Natürlich hatte ich angenommen, er korrigiere seine Fehler, als ich plötzlich meinen Namen hörte. »Frau Shibata«, flüsterte Herr Higashinakano und drückte mir eine Liste mit der Überschrift »Nahrungsmittel in der Schwangerschaft: Das ist zu beachten« in die Hand. Einer der Einträge war in besonders großer Schrift hervorgehoben: »*Hijiki-See-*

algen: Dürfen verzehrt werden, aber nur zwei Portionen pro Woche«.

Herr Higashinakano roch immer nach Kleber. Genauer gesagt nach dem Flüssigkleber, den ich früher als Kind benutzt hatte. Es war kein Gestank, aber auch kein besonders guter Geruch. Kleber eben. Und das Seltsame daran war, dass ich ihn in dem ganzen Jahr, seit wir nebeneinandersaßen, kein einziges Mal mit Kleber in der Hand gesehen hatte.

ZEHNTE WOCHE

Dieses Wochenende war ich mit zwei Freundinnen verabredet, ehemaligen Kolleginnen aus meiner ersten Firma, bei der wir alle gleichzeitig angefangen hatten. Wir trafen uns in einer Kellergeschoss-Kneipe in Hibiya.

Hinter der dünnen Wand, die uns vom Nachbartisch trennte, saß eine Gruppe Männer, etwa im Alter meines Vaters. Ihre lauten Stimmen drangen zusammen mit dem Rauch ihrer Zigaretten zu uns herüber, sodass ich unweigerlich ihrem Gespräch über Erinnerungen an das Studium, große Geschäftsessen in den guten alten Zeiten und Investitionen in Parkplätze lauschen musste, während ich gleichzeitig Teil einer Unterhaltung war, die fließend zwischen Gesundheit, Pflegeprodukten und allerlei anderem hin und her sprang. Momoi erzählte, sie habe in letzter Zeit Beschwerden nach der Menstruation und versuche, mit traditioneller chinesischer Medizin etwas dagegen zu tun.

»Also ich war letztens mit meinem Mann unterwegs«, sagte Yukino, und ich wusste, dass sie nicht auf das vorangegangene Gesprächsthema eingehen würde. Das war immer so, wenn Yukino einen Satz mit »Also ich« anfing. Ich kaute auf einem Stück Tintenfisch, das innen noch eiskalt war. Es war anscheinend direkt aus der Tiefkühltruhe gekommen.

»Wir waren in einem Kunst-Aquarium mit riesigen beleuchteten Fischbecken, für das mein Mann über die Arbeit Karten geschenkt bekommen hatte«, erzählte Yukino. »An sich war es schön, aber ihr glaubt nicht, was da für ein Pärchen vor uns war, Studenten, vermute ich. Und der Junge hat doch wirklich zu seiner Freundin gesagt: ›Selbst, wenn du dir die Welt zur Feindin machst, werde ich immer zu dir halten.‹ Mit so einem Quatsch kann ich überhaupt nichts anfangen.«

»Ja, es gibt wirklich Leute, die derart geschwollen daherreden«, pflichtete ihr Momoi bei, während sie angestrengt die Getränkekarte betrachtete. Sie berührte sie fast mit der Nase, so schlecht schien sie die Schrift in dem etwas zu dunkel gehaltenen Laden ausmachen zu können.

»Das auch, aber«, setzte Yukino an, ohne den Satz zu Ende zu führen.

»Aber was?«, hakte Momoi nach.

»Ich meinte eher, dass der Kerl gar nicht erst zulassen sollte, dass sich seine Freundin die Welt zur Feindin macht. Wann passiert so etwas denn schon? Ehrlich gesagt hätte sie dann sowieso keine Chance. Wenn er sie wirklich liebt, sollte er sie stoppen, bevor sie sich in so eine Situation begibt.«

Yukino nahm einen Schluck ihres Getränks, in dem eine Kugel Eis schwamm. Beim Trinken blubberte die Kohlensäure und ich fragte mich, ob es vielleicht ein Whisky-Highball mit Eiscreme war, wenn es so etwas überhaupt gab. Kurz spielte ich mit dem Gedanken, das Getränk auf der

Karte ausfindig zu machen, gab aber auf, als ich sah, dass Momoi immer noch mit zusammengekniffenen Augen darin herumblätterte.

Von uns dreien war Yukino schon immer die Vorreiterin gewesen. Sie hatte als Erste den Job gewechselt und als Erste geheiratet, und als wir vor einiger Zeit zu dritt eine Thermalquelle besucht hatten und nach dem Abschminken bemerkten, dass Yukinos Augen immer noch dunkel umrandet waren, erfuhren wir, dass sie sich als Erste ein Permanent-Make-up hatte machen lassen. »Ich kann euch sagen, es tut richtig weh«, begann sie ihre Geschichte über das Eyeliner-Tattoo, während wir in der heißen Quelle badeten. Im Folgenden quälte sie Momoi und mich mit einer Beschreibung der schmerzhaften Prozedur.

»Ihr versteht euch immer noch gut, du und dein Mann, oder?«, fragte Momoi, die es aufgegeben hatte, die Karte zu entziffern, und stattdessen ein weiteres Bier bestellte. »Wie lange seid ihr jetzt eigentlich schon verheiratet?«

»Sieben oder acht Jahre«, erwiderte Yukino. »Ob wir uns gut verstehen, weiß ich selbst nicht so genau. Zumindest ist es einfach, weil wir keine Kinder haben.«

»Dein Mann hat seine eigene Firma, oder? Vor einiger Zeit habe ich im Netz ein Interview mit ihm gesehen.«

»Ja genau. Wenn es in der Firma gut läuft, ist alles super, wenn nicht, kann er unausstehlich werden. Oh, wenn man vom Teufel spricht … Er ruft gerade an. Das tut er in letzter Zeit ständig. Ich gehe kurz nach draußen.«

Mit dem Handy am Ohr verließ Yukino die Kneipe und Momoi und ich zückten ebenfalls unsere Handys. »Mist«, entfuhr es Momoi. Sie hatte das Picknick mit den Freunden ihrer Kinder vergessen, das für den nächsten Tag geplant war.

»Ich habe keine Ahnung, was ich vorbereiten soll. Nur Tiefkühlessen kann ich kaum mitbringen. Auf dem Rückweg muss ich noch in den Supermarkt.«

»Wie lange ist es her, dass ich Picknicken war«, bemerkte ich. »Es ist sicher viel Arbeit, das alles vorzubereiten.«

»Das Treffen morgen ist zum Glück entspannt, weil ich die Mütter gut kenne. Aber bei Sportfesten im Kindergarten sind immer extrem aufwendige Lunchboxen gefragt. Das ist die Hölle.«

Als Yukino zurückkam, beschlossen wir, uns langsam auf den Heimweg zu machen. Momoi trank das Bier, das der Kellner eben erst gebracht hatte, in einem Zug aus und fragte nach der Rechnung. Draußen wimmelte es von Leuten auf der Suche nach einem geeigneten Lokal und viele Studentinnen waren in Gruppen unterwegs. Yukino und Momoi wollten bis Yurakucho laufen, ich entschied mich für die U-Bahn, die direkt in Hibiya abfuhr. Als ich vor den Ticketschranken in meiner Tasche nach der Monatskarte kramte, entdeckte ich die Mitbringsel von meinem letzten Besuch bei den Eltern, die ich Momoi und Yukino hatte geben wollen.

Samstagabends um kurz nach neun war die Bahn noch ziemlich leer. Ich stieg an meiner Station aus, hatte aber keine Lust, schon nach Hause zu gehen. Hunger hatte ich keinen mehr, also ging ich in den Buchladen vor dem Bahnhof, der erst letztens aufgemacht hatte. Vor dem Zeitschriftenregal direkt am Eingang stand eine Frau in ungefähr meinem Alter. Sie war in ein Magazin für werdende Mütter vertieft. Ihre rosa Handtasche rutschte ihr beim Lesen immer wieder von der Schulter und jedes Mal, wenn sie sie zurechtrückte, baumelte am Griff ein Anhänger hin und her. Ach natürlich, durchfuhr es mich. Ich zückte mein Handy und nach einer schnellen Suche im Internet verließ ich den Laden.

Den Anhänger mit dem Mutter-Kind-Symbol und der Aufschrift »Ich habe ein Baby im Bauch« bekam ich auf Anhieb am Bahnhofsschalter ausgehändigt.

»Bitte schön. Ich wünsche Ihnen alles Gute.«

»Könnte ich vielleicht noch einen zweiten bekommen, als Glücksbringer?«

Den einen Anhänger befestigte ich an meiner Handtasche, den anderen an dem Rucksack, den ich nur mit in die Firma nahm, wenn ich viel zu tragen hatte. Das letzte Mal, dass ich mir etwas an meine Tasche gehängt hatte, war zu Schulzeiten gewesen, als mir meine Großmutter von dem Schrein Yushima Tenmangu einen Glücksbringer für die Aufnahmeprüfung am Gymnasium geschenkt hatte.

ELFTE WOCHE

Wie zu erwarten, bemerkte Herr Higashinakano den Anhänger zuerst. Augenblicklich hörte er auf, mit dem Bein zu wippen, als er mich am Montagmorgen ins Büro kommen sah.

»Jetzt sehen Sie wie eine richtige Schwangere aus!«

Ich quittierte diese Aussage mit einem vagen Nicken.

»Es ist nur so eine Vermutung, Frau Shibata, aber ich glaube, dass es ein Junge wird.«

Ich setzte zu einer nichtssagenden Antwort an, als sein Telefon klingelte. »Entschuldigung! Entschuldigen Sie vielmals!«, rief er wieder und wieder in den Hörer.

Ich wusste nicht, was vorgefallen war, aber Herr Higashinakano entschuldigte sich sowieso laufend.

Seit ich den Anhänger an meiner Tasche trug, standen die Leute in der Bahn für mich auf, worauf ich immer höflich ablehnte, da es mir körperlich blendend ging. Die meisten ließen aber nicht locker, sodass ich mich am Ende doch hinsetzte. Am liebsten hätte ich gesagt: »Danke, ist nicht nötig«, und zum Beweis meine Bluse gelüftet, damit jeder meinen flachen Bauch sehen könnte, aber das hätte die Situation nur noch komplizierter gemacht.

DREIZEHNTE WOCHE

Ich spürte, dass etwas aus meiner Scheide floss, und wusste sofort, dass es wieder so weit war. Schon beim Aufwachen hatte ich kalte Hände und Füße gehabt, was bei mir ein sicheres Vorzeichen der Periode war. Innerlich lobte ich mich für die Entscheidung, nicht die weiße Chino-Hose, sondern den schwarzen Rock angezogen zu haben.

Ich stellte mit einem kurzen Blick durch das Büro sicher, dass mich niemand beobachtete, und steckte den kleinen Beutel in meine Rocktasche. Diese Zeit des Monats durfte es für mich nicht mehr geben.

Mit schnellen Schritten lief ich den menschenleeren Flur entlang und hielt vor der Frauentoilette inne. Durch die geschlossene Tür waren Stimmen zu hören. Sicher schminkten sich wie jeden Morgen einige meiner Kolleginnen, die zu Hause nicht dazu gekommen waren. Montags und freitags war der Andrang auf die Spiegel besonders groß, was mir normalerweise egal war, aber diese Zeiten waren vorbei. In unserem Gebäude gab es keine *Otohime* – diese fabelhaften Geräte, die die Geräusche beim Toilettengang übertönten. Jede Frau wusste, wie es sich anhörte, wenn man die Einzelverpackung einer Binde aufriss, und ich wollte keinen Anlass für Gerüchte über eine Fehlgeburt oder unnormale Blutungen geben. Ich ärgerte mich, nicht im Internet nachgesehen zu haben, ob Schwangere auch manchmal Ausfluss hatten.

Während ich unentschlossen vor der Tür stand, spürte ich wieder etwas Warmes und Glitschiges aus meinem Inneren heraustropfen. Wie die Eingeweide eines Vogels, dachte ich, und stellte mir einen Vogel auf dem Seziertisch vor. Dann dachte ich an die Geflügelinnereien, die ich letzte Woche gegessen hatte, und lief zum Fahrstuhl.

Für einen Menschen, der viel Blut verlor, war ich sehr gefasst. Ich fuhr ins Erdgeschoss und nutzte die Toilette einer Reiseagentur, die dort ihr Büro hatte. Sie war auch Besuchern und Kunden zugänglich, also würde sich niemand beschweren.

Als ich meine Kabine wieder verließ, hörte ich durch die Tür, wie jemandem eine Reise nach Hawaii verkauft wurde. Ich wusch mir ausgiebig die Hände. Dass es warmes Wasser gab, war einer der wenigen Vorzüge der Toiletten unseres Gebäudes. Auch die beheizten Toilettensitze, die bis auf die heißen Sommermonate das ganze Jahr über eingeschaltet waren, entschädigten mich ein wenig für das Fehlen der *Otohime*.

Bevor ich die Toilette wieder verließ, schluckte ich, wie immer am ersten Tag meiner Menstruation, ein Schmerzmittel. Schwangere durften viele Medikamente nicht einnehmen, also wollte ich es unbedingt vermeiden, dass Herr Higashinakano mich sah und womöglich einen großen Aufstand machte.

»Rom, Florenz, Venedig – drei Städte in acht Tagen ab hundertneunzigtausend Yen! Fragen Sie einen unserer Mitarbeiter nach den Einzelheiten oder nehmen Sie sich eine unserer Broschüren!«

Ich fühlte mich schwer und müde und so gar nicht von dem Werbetext angesprochen, der durch die Agentur hallte. Während ich mir den Mitarbeiterinnenausweis wieder um den Hals hängte und an meinen Platz zurückkehrte, kam es mir vor, als risse mir jemand die Organe aus dem Unterleib. Meine Hände und Füße schmerzten förmlich vor Kälte.

»Geht es Ihnen gut, Frau Shibata? Sie sind ja ganz blass. Ich hätte Bufferin und Loxoprofen da. Oder dürfen Sie das gar nicht einnehmen?«

Herr Higashinakano kramte in einer seiner Schubladen. Am Ärmel seines Hemdes prangte ein großer brauner Fleck, der wie ein fetter Maulwurf aussah. Ich ballte meine Hand über der Rocktasche, in der sich noch immer der Stoffbeutel befand, zu einer Faust.

»Danke, aber es geht mir gut.«

Auch zu Hause tat mein Bauch noch weh. Ich stellte die Temperatur auf dem digitalen Bedienfeld meiner Badewanne einige Grad höher und ließ das Wasser einlaufen. Währenddessen trug ich die Ausgaben und Einnahmen des letzten Monats in mein Haushaltsbuch ein. Eine Zeit lang hatte ich eine App dafür benutzt, aber mir war das Übertragen der Kreditkartenabrechnungen darin zu kompliziert gewesen, weshalb ich jetzt eine Exceltabelle mit einem Arbeitsblatt für jeden Monat verwendete.

Letzten Monat hatte ich weniger gespart, als ich es mir vorgenommen hatte. Dabei war ich weder länger verreist, noch hatte ich Kleidung gekauft oder viel für mein Mittagessen ausgegeben – ich nahm mir ja jetzt etwas von zu Hause mit. Ich sah mir alle Einträge der Reihe nach an und erkannte schnell, dass meine Ausgaben in der Kategorie »Gesundheit« viel höher als im Vormonat ausgefallen waren.

Ach natürlich, ich erinnerte mich. Es war ein Brief von der Zusatzkrankenversicherung gekommen, in dem man mir mitgeteilt hatte, dass mein Jahresbeitrag vom Konto eingezogen worden war. Ich hatte die Versicherung noch schnell vor meinem dreißigsten Geburtstag abgeschlossen, weil meine Mutter mir ins Gewissen geredet hatte. Der Beitrag steige mit jedem Jahr, hatte sie gemeint. Bis jetzt war ich zum Glück noch nie ernsthaft krank gewesen, im Gegenteil, ich konnte stolz behaupten, kerngesund zu sein, auch wenn mir das von niemandem Lob einbrachte.

Die Ausgaben für »Hobbys und Unterhaltung« waren ebenfalls gestiegen, womit ich schon gerechnet hatte. Ich war auf einem Festival gewesen, zu dem Momoi mich eigentlich hätte begleiten sollen. Am Vortag hatte ihr Jüngstes aber Fieber bekommen, sodass ich am Ende allein hingegangen war. Das Doppelzelt, das wir gemietet hatten, konnte nicht mehr storniert werden, und obwohl Momoi versprochen hatte, die Hälfte der Kosten zu tragen, hatte ich es bei dem lauten Kindergeschrei auf ihrer Seite des Telefons nicht über das Herz gebracht, sie damit zu behelligen.

Für diesen Monat drückte ich ein Auge zu. An den Versicherungskosten konnte ich nichts ändern und auf Festivals ging ich nur selten. Ganz ausblenden konnte ich aber nicht, dass mich am Ende des Jahres die Erneuerung meines Mietvertrags erwartete. Ich hatte zwar genug Erspartes, um die Gebühren dafür zu bezahlen, sollte mir aber langsam Gedanken machen, wie ich ab jetzt mit meinem Geld umging. Seit Beginn der Schwangerschaft waren alle vergüteten Überstunden weggefallen und wenn ich erst im Mutterschutz wäre, hätte ich noch weniger zur Verfügung.

Mein Blick fiel auf die Unterlagen im Bücherregal, die mir meine Mutter vor einigen Monaten in einem Paket mit Reis, Äpfeln und einem Avocadoschneider aus dem 100-Yen-Shop, auf den sie momentan schwor, zugeschickt hatte. Es waren Informationen zu Eigentumswohnungen in Tokyo und deren Finanzierung. Zuerst dachte ich, meine Eltern hätten willkürlich Seiten aus dem Internet ausgedruckt, und fast hätte ich den Stapel Papier in den Abfalleimer wandern lassen, als mir ein großer Klebezettel daran auffiel. In seiner langgezogenen Schrift, die mich immer an schmale Fische erinnerte, rechnete mir mein Vater vor, wie viel ich monatlich für einen Kredit zahlen müsste, wenn ich mir eine kleine Einzimmerwohnung kaufen wollte. Ganz unten stand: »Wir könnten dich ein wenig unterstützen. Überleg es dir.« Ich wandte den Blick wieder ab. Ein großes Fahrzeug fuhr an meiner Wohnung vorbei und die Fensterscheiben vibrierten.

Nachdem ich den Laptop zugeklappt hatte, fing ich an, mich zu dehnen. Dafür setzte ich mich wie immer auf meinen Kelim, denn ich musste mich mit den Knien und Ellenbogen auf dem Boden abstützen. Den ziegelsteinroten

Kelim hatte ich vor sechs Jahren während einer Reise in die Türkei gekauft, als ich bei meiner vorherigen Firma gekündigt und noch meinen restlichen Urlaub genommen hatte. Kurz zuvor war ich in diese Wohnung gezogen. Ich hatte also sechs Jahre lang fast täglich hier gegessen und mich hier geschminkt. Zahllose Tage und Nächte waren namenlos an mir vorbeigezogen und mitsamt dem Essensdampf und den Fläschchen meiner Lieblingswimperntusche lautlos irgendwohin verschwunden.

Nach den Übungen legte ich mich auf den Boden. Mit einem Mal kamen mir die Konturen der Gegenstände dunkler vor. Das kleine Sofa, das ich noch aus meinem Zimmer bei den Eltern hatte, der niedrige Esstisch und die Vase mit den Kosmeen auf dem Fensterbrett warfen ungewohnt finstere Schatten. Die Dinge schienen mich mit einer Mischung aus Vertrautheit und abschätziger Kritik zu fixieren. Mit den Fingern strich ich über die Muster des Teppichs, dann setzte ich mich hin und klappte erneut den Laptop auf.

Als ich den Antrag zur Eröffnung des Wertpapierkontos fertig ausgefüllt hatte, wurde ich nach dem Verwendungszweck meiner Anlage gefragt. Aus einer Liste von Möglichkeiten wählte ich »Ausbildungskosten der Kinder« aus. Das Bad war fertig eingelaufen und wie immer ertönte als Signal laut die elektronische Melodie »Home on the Range«, ein Cowboysong.

VIERZEHNTE WOCHE

Ich wünschte, ich wäre zehn Minuten früher aufgestanden, während ich mir hastig die Schuhe anzog – vorsichtshalber Converse, denn Schwangere sollten Absätze vermeiden. Es war ein Segen, dass Sportschuhe mittlerweile fester Bestandteil des modischen Repertoires geworden waren. Wie sollte man auch sonst zehn Monate lang durchhalten?

In der verglasten Eingangstür zu meinem Apartmentgebäude sah ich aber nur eine Frau in Sneakers. Keiner würde auf die Idee kommen, dass sie schwanger war, denn ihr Bauch war nicht gewölbt. Noch nicht.

»Sie sollten sich ausruhen, Frau Shibata.«

Ich räumte gerade die Tische, die wir für die Besprechung umgestellt hatten, an ihren Platz zurück, als Herr Higashinakano plötzlich hinter mir stand.

»Noch geht es, danke.«

»In welcher Woche sind Sie jetzt?«

»Etwa im dritten Monat. Wenn Sie schon dort stehen, können Sie auch gleich den Tisch hierhertragen.«

»Diesen hier?«

»Nein, den daneben.«

»Oh, Verzeihung, Verzeihung!«

Die Kollegen, die bis dahin mitgeholfen hatten, gingen wortlos an ihre Plätze zurück. Sie wollten keine Minute der gerade begonnenen Mittagspause verpassen und überließen den Rest getrost uns. Ich schnalzte verärgert mit der Zunge, aber so leise, dass Herr Higashinakano es nicht hörte.

Aus dem Fenster des Besprechungsraumes sah ich einen endlos blauen Himmel. Das Laub der Gingkobäume an der Allee begann bereits, sich goldgelb zu färben. Es war kurz nach zwölf und viele Büroangestellte liefen nur mit einem Portemonnaie in der Hand die Straße entlang. Vor unserem Gebäude stand ein Lunchbox-Wagen, vor dem sich eine Schlange gebildet hatte. Seit Beginn meiner Schwangerschaft hatte ich dort nichts mehr gekauft.

»Frau Shibata.«

Als ich den letzten Stuhl zurückstellte, sprach mich Herr Higashinakano wieder von hinten an.

»Seien Sie bitte wirklich vorsichtig. Das Wegräumen der Tische können auch andere übernehmen. Um diese Uhrzeit verdrücken sich die meisten immer sofort, aber trotzdem ... Bald müsste auch ihr Bauch größer werden, wissen Sie.«

Herr Higashinakano gestikulierte unbeholfen mit seinen Händen, indem er sich mehrmals an den Bauch fasste, und verließ den Besprechungsraum. In der Fensterscheibe betrachtete ich mein Spiegelbild und meinen flachen Bauch. Wieder schnalzte ich verärgert mit der Zunge, diesmal ohne Zurückhaltung.

Nach dem Baden googelte ich »Schwangerschaftsverlauf«. Es wurden medizinische Erklärungen, Schwangerschaftsblogs und mehrere Schwangerschafts-Apps angezeigt. Die Apps funktionierten wie Tagebücher, in denen man festhalten konnte, wie man sich während der Schwangerschaft fühlte und was man aß. Teilweise boten sie noch zusätzliche Inhalte wie Informationen zum Verlauf der Schwangerschaft und dem Zustand des Babys. Ich lud mir eine der Apps herunter, die allem Anschein nach von einem Windelhersteller entwickelt worden war. Ständig poppte Werbung für eine Verlosung auf, die dreißig glücklichen Gewinnerinnen Windeln für ein Jahr versprach. Das nervte etwas, aber mir gefielen das minimalistische Design und die niedlichen Babyzeichnungen.

Für jede Schwangerschaftswoche gab es eine Erklärung zum Entwicklungsstadium des Kindes und zu den körperlichen Veränderungen der Frau. Ich zählte nach und klickte auf Woche vierzehn. Laut App hatte ich die gröbste Schwangerschaftsübelkeit und auch die kritische Phase überstanden. Ein Glück!

Die Einträge für die Wochen davor und danach las ich mir ebenfalls durch und fand heraus, dass sich der Bauch ab der zwölften Woche leicht wölbte. Zu diesem Zeitpunkt wurde es mit der Übelkeit besser und es setzte bei vielen Schwangeren der Heißhunger ein, der naturgemäß eine Gewichtszunahme zur Folge hatte. In der vierzehnten Woche hatte der Fötus, gemessen von Kopf bis Hintern, eine Länge von circa neun Zentimetern und ein Gewicht von etwas mehr als vierzig Gramm. »In dieser Woche hat das Kind die

Größe einer Pflaume«, las ich. Diese App stellte wöchentlich einen Obstvergleich an, um das Baby zu beschreiben. Letzte Woche war es »eine japanische Ume-Pflaume«, nächste Woche wäre es bereits eine »Grapefruit«.

Herr Higashinakano hatte recht gehabt. Langsam könnte sich mein Bauch ruhig etwas zeigen. Das Internet spuckte aus, dass es spezielle Bauchgürtel für die Rollen von Schwangeren in Film und Theater gab, doch diese wurden nicht im normalen Handel verkauft. Ich suchte trotzdem auf Amazon und dem Online Marktplatz Mercari danach, fand aber nichts. Wahrscheinlich wären solche Requisiten sowieso für einen kugelrunden Bauch kurz vor der Niederkunft, den ich ja noch nicht brauchte.

Ich gab die Suche auf und stopfte mir vor dem Spiegel Handtücher und Strümpfe unter die Kleidung. Es natürlich aussehen zu lassen und die richtige Größe zu finden, war nicht einfach. Gefaltet waren die Handtücher zu flach und gerollt zu dick, außerdem verrutschten sie leicht unter der Kleidung. Die Socken eigneten sich nicht, weil sie zu dünn waren. Überraschend brauchbar waren Feinstrumpfhosen. Sie ließen sich gut in Form bringen, hatten leider nur zu wenig Volumen. Ich müsste die dickeren mit 80 DEN aus der Box mit Winterkleidung hervorholen, die im Zwischenboden verstaut war, doch ein Blick auf die Uhr verriet mir, dass es schon nach Mitternacht war. Mir verging schlagartig die Lust. Mit dem Vorsatz, es am Morgen noch einmal zu versuchen, legte ich mich schlafen, doch auch am nächsten Tag klappte es nicht. Schließlich verließ ich das Haus wieder ohne Schwangerschaftsbauch.

In der Bahn, eingequetscht zwischen Menschenmassen, dachte ich noch einmal über die ganze Angelegenheit nach. Es gab doch auch Geschichten über Teenagerinnen, die ihre Schwangerschaft bis zuletzt vor Eltern und Lehrerinnen versteckt hielten, und das Kind heimlich auf einer Schultoilette zur Welt brachten. Vielleicht musste ich mich mit dem Bauch gar nicht so ins Zeug legen. Oft merkte die Frau selbst lange nicht, dass sie schwanger war. Vielleicht waren sogar einige in dieser Bahn schwanger, ohne es zu wissen.

Nur leider, fügte ich innerlich hinzu, habe ich einen neugierigen Kollegen mit viel mehr freier Zeit als die gestressten Eltern einer pubertierenden Teenagerin. Herr Higashinakano musste sich wirklich sehr langweilen, so wie er sich auf meine Schwangerschaft stürzte. Sollte er doch selbst heiraten und Kinder kriegen. Dann stünde ich weniger unter Beobachtung. Leider deutete nichts darauf hin. So wie die Dinge standen, würde mich Herr Higashinakano mitunter gewaltsam zur Frauenärztin schleppen, wenn mein Bauch nicht größer werden würde.

An diesem Tag packte Herr Higashinakano in der Mittagspause mal wieder seine Plastiklunchbox aus, die in ein buntes Halstuch gewickelt war und unheimlich kindlich aussah. Der Inhalt war immer derselbe: In labbrigen Seetang gewickelte Reisbällchen, dazu wahlweise Frühlingsrollen oder frittiertes Hähnchen aus der Tiefkühltruhe und irgendein grüner Schlamm, bei dem ich mich jedes Mal fragte, was um Himmels willen das sein könnte. Während die verformten Reisbällchen, die er vermutlich selbst machte, mit lautem Schmatzen in seinem Rachen verschwanden, überkam mich eine unbestimmte Wut.

Nachmittags musste ich das Büro kurz verlassen. Als ich zurückkam, stand ein großes Paket von einem unserer Kunden, einem Großhandel für Früchte und Süßwaren, auf meinem Tisch. In der Warenbeschreibung stand: »Süßigkeiten«. Ich öffnete den Karton und fand mehrere Reihen pfirsich-, orange- und olivfarbener Gelees in kleinen Plastikbehältern darin vor. Ihre Oberflächen glänzten und in ihrem Innern waren große Pfirsich- und Apfelsinenstücke eingeschlossen, die aussahen, als machten sie ein Mittagsschläfchen. »Ein Präsent für die ganze Abteilung«, stand auf einer Notiz.

Geschenksendungen von Kunden waren keine Seltenheit und jedes Mal landeten sie auf meinem Tisch. Einige Kollegen warfen bereits verstohlene Blicke zu mir herüber und ich wusste genau warum. Sie warteten darauf, dass ich wie immer die Runde machen und Gelees und Löffelchen mit einem freundlichen »Wie wäre es mit einem Dessert?« verteilen würde. Ich blickte auf die Uhr, schloss den Karton wieder und trug ihn in die Teeküche.

Dort warf ich zuerst das Küchentuch beiseite, das das bisschen Platz zwischen Spüle und Abtropfständer vollständig in Anspruch nahm. Ich fragte mich, wer es immer dorthin legte. Es stank so sehr, dass ich es nur mit den Fingerspitzen anfassen wollte. Heute roch es nach aufgewischter Milch. Ich stellte den Karton auf die Arbeitsfläche und fing an, ihn zu zerlegen. An den Ecken war das Klebeband so fest, dass ich mir beim Abreißen einen Fingernagel umknickte, also nahm ich den Cutter zur Hand, den ich von meinem Platz mitgenommen hatte. Cutter sind die Waffen der zivilisierten Welt, dachte ich. Jedes Mal, wenn ich ihn ansetzte, schlitzte ich vor meinem inneren Auge das Gesicht eines anderen Kollegen auf.

Ich entfernte die Papierschleifen und das hübsche Packpapier mit dem Obstmuster, das diese Firma jedes Mal verwendete. Kurz überlegte ich, es aufzuheben, aber was sollte ich damit? Als ich alles in die Altpapiertonne werfen wollte, musste ich feststellen, dass diese am Überlaufen war. Papierlawinen waren auf den benachbarten Plastikmüll gerollt und hatten die Sammelbox für leere Batterien umgeworfen. Ich stellte sicher, dass mich niemand beobachtete, und stopfte das Packpapier in eine Lücke am Rand der Tonne, doch schon bei der ersten Berührung gab es einen großen Erdrutsch, der den Fußboden der kleinen Teeküche unter einer Schicht aus Flyern und Kopierpapier begrub.

Ich hätte heulen können, sah aber nicht ein, für das Verteilen von Gelees Tränen zu vergießen. Während ich die verstreuten Zettel wieder einsammelte, kam der Leiter der benachbarten Abteilung in die Küche. »Sehr schön, dass Sie hier mal aufräumen, Frau Shibata«, sagte er und drückte mir eine frische Ladung Altpapier in die Hand. Am liebsten hätte ich ihm eine der alten Batterien an den Kopf geworfen, doch das hätte die Unordnung auch nicht beseitigt.

Nach zwanzig Minuten hatte ich das Altpapier endlich gebündelt und konnte zu den Gelees zurückkehren, als ich das nächste Problem bemerkte. Es gab drei Gelees zu wenig. Innerlich strich ich zuerst mich selbst, dann Herrn Higashinakano. Ich überlegte, ob jemand momentan bei einem Kundinnenbesuch war, als sich mir eine Frage aufdrängte. Warum hatte ich mich eigentlich selbst von Anfang an nicht mitgerechnet?

Meine Hand berührte etwas Weiches – das Füllmaterial, das in der Kiste mit den Gelees gelegen hatte. Ich hatte es nicht zum Altpapier getan, da es weder aus Papier noch Stoff zu bestehen schien. Es fühlte sich seltsam warm an und machte kein Geräusch, als ich es mit meiner linken Hand ein wenig zusammendrückte. Sobald ich die Hand losließ, dehnte es sich langsam wieder aus. Das Material war, passend zu den Gelees, dreifarbig und von Glitter durchzogen, der im kraftlosen Licht der Neonröhre schwach funkelte. Ich nahm es in beide Hände und drückte es an meinen Körper, wo es sich wieder größer machte und dabei beinahe lebendig anfühlte. Vorsichtig wickelte ich es in mein Stofftaschentuch und ging zur Toilette.

Mit einem grünen Gelee in der rechten und einem Löffel in der linken Hand kehrte ich an meinen Platz zurück. Den Rest hatte ich mit folgender Notiz in den Kühlschrank gestellt: »Wer zuerst kommt, mahlt zuerst. Alle Mitarbeiter sind eingeladen, sich ein Gelee zu nehmen.« Beherzt riss ich die Plastikfolie ab, setzte meinen Löffel an die spiegelglatte Oberfläche und schob mir ein Stück Muskatellertraube in den Mund. Während ich die edle Frucht zerkaute, machten sich einige Kollegen schon auf den Weg in die Teeküche.

Unter meiner Bluse, direkt über meinem Bauch lachte sich ein dreifarbig glitzerndes Baby zufrieden ins Fäustchen.

FÜNFZEHNTE WOCHE

Belanglose Phrasen wie »Schon wieder Montag« oder »Kalt geworden, was?« hatte ich noch nie gemocht. Mir fielen darauf nur genauso platte Antworten ein: »Ja, nervig« oder »Heute soll es unter zwei Grad bleiben.«

Doch als mich Yukino, mit der ich im Kino verabredet war, mit einem »Du hast ganz schön zugenommen« begrüßte, wäre beinahe ein ganzer Schwall an Antworten aus mir herausgesprudelt. »Ja, endlich ist meine Schwangerschaftsübelkeit vorbei, in dieser Phase nehmen viele Frauen zu«, hätte ich sagen wollen, schluckte die Worte aber herunter. »Stimmt«, konstatierte ich stattdessen.

Die Verringerung meiner Überstunden hatte bereits bewirkt, dass ich regelmäßiger und somit mehr aß. Als mir dann noch die Schwangerschafts-App mitteilte, ich sei nun in der stabilen Phase und hätte die Schwangerschaftsübelkeit hinter mir gelassen, fühlte ich mich so befreit, dass ich anfing, wie eine Verrückte zu essen. Seit ich den Eintrag in der App gesehen hatte, kannte mein Appetit keine Grenzen mehr.

Morgens, mittags und abends nahm ich normalerweise jeweils eine Mahlzeit bestehend aus einer Suppe, einem

Hauptgericht und zwei Beilagen zu mir, doch jetzt konnte ich die Mittagspause kaum abwarten und kaufte mir gegen zehn Uhr im Convenience Store noch einen Donut. Nachmittags knabberte ich während der Arbeit Reiscracker. Herr Higashinakano, der sich Sorgen wegen der Zusatzstoffe machte, schenkte mir Nüsse und getrocknete Fische, doch beides war schneller vertilgt, als ich auch nur die ersten paar Zellen meiner Exceltabelle ausfüllen konnte. Von einem Kollegen, dessen Kunde Süßwaren herstellte, bekam ich eine Riesenladung Koalaschoko und auch die war sofort weg. Als mir bewusst wurde, dass ich die niedlichen Gesichter und Posen der Tiere, die ich als Kind immer genau betrachtet hatte, keines Blickes mehr würdigte und in den Koalas nur noch Nahrung zum Stillen meines Hungers sah, dämmerte es mir, dass es so nicht weitergehen konnte. Ich bekam Angst.

Abends nach dem Baden blickte ich in den Spiegel und sah eine Birne vor mir. Mein Gesicht hatte sich kaum verändert, mein Unterkörper dafür umso mehr. Ich trocknete mich hastig ab und probierte einige Röcke und Hosen an, die alle nicht mehr richtig passten. Der Stoff spannte über Po und Oberschenkeln. Als ich mir meinen Körper von hinten ansah, erschrak ich regelrecht.

Schnell zog ich das einzige Kleid, das ich besaß, aus meinem Schrank und schlüpfte hinein. Es war ein langes Sommerkleid, das ich vor Momois Hochzeit zusammen mit ihr in Bali gekauft hatte. Das bunte Blumenmuster schrie zwar förmlich nach Urlaub, doch zumindest passte es. Mein üppiger Po fiel aber immer noch darin auf, also stopfte ich zum Ausgleich einen dünnen Schal unter das Kleid, um den

Bauch größer wirken zu lassen. Und nun sah ich im Spiegel eine waschechte Schwangere.

Während ich mir die Haare trocknete, bestellte ich im Internet gleich mehrere bürotaugliche Kleider. Sie würden in ein paar Tagen eintreffen. Bis dahin trug ich unter meiner Bürojacke das Sommerkleid. Die Menschen um mich herum hatten unterdessen schon ihre Wintermäntel und Pullover ausgepackt. In südländische Blumen aus sattem Pink gehüllt, wandelte ich allein durch eine andere Jahreszeit und einen anderen Ort.

Seit ich nach Ankunft meiner Bestellung dann täglich wechselnde Kleider trug, wirkte ich noch mehr wie eine Schwangere. Kollegen anderer Abteilungen boten mir auf dem Flur nun regelmäßig an, mir die Papierröhrenmuster abzunehmen. In der Schlange vor dem Fahrstuhl wurde ich vorgelassen und vor Kurzem hatte eine alte Dame in der Bahn sogar prophezeit: »Nächste Woche kommt es.«

»Mein Termin ist aber erst nächstes Jahr im Mai.«

»Nein, ich sehe so etwas«, behauptete sie. »Es wird ein gesunder Junge.«

Kurz danach war die Dame ausgestiegen.

Am Freitag kaufte ich wie gewohnt ein und bereitete mein Abendbrot zu: In salzig-süßer Brühe gekochte Scholle, Salat mit frittierten Tofustreifen und jungen Erbsensprossen, Misosuppe mit Lotuswurzel und Lauch, dazu Gemüsereis. Nach dem Essen dehnte ich mich. Meine Kollegin hatte mir eine neue Kopie mit Übungen gegeben. »Die hier sind besonders gut für den Übergang zwischen der ersten und zweiten Schwangerschaftsphase«, hatte sie gesagt. Wieder war das Foto des Arztes verschwommen und wieder versetzten mich die dünn gezupften Augenbrauen des Models, die an schmale Hängebrücken erinnerten, in eine andere Zeit. Doch auch diese Übungen halfen unglaublich gut gegen meine Rückenschmerzen.

»Legen Sie sich auf den Rücken und heben Sie den Po, sodass Schultern, Hüfte und Knie eine Linie bilden«, las ich. Als ich meinen Körper wenige Zentimeter vom kühlen Boden hob, musste ich an die Worte der Kollegin denken.

»Es kommt Ihnen vielleicht noch unwirklich vor, aber es ist ein schöner Gedanke, dass in Ihrem Körper ein Leben heranwächst, nicht wahr?«

Sie hatte es mit stolzer Überzeugung gesagt.

1, 2, 3, 4 …

Ich zählte bis zehn und ging in die Küche. Dort lag noch das Stück Watte, auf dem die Erbsensprossen, die ich zuvor gegessen hatte, gewachsen waren. Ich legte es zurück in den mitgelieferten Plastikbehälter, goss die Wurzeln, kippte ein wenig überschüssiges Wasser wieder aus und stellte den Behälter an einen Platz mit viel Sonneneinfall.

Die kurz geschnittenen Sprossen erinnerten mich an den stoppeligen Rücken unseres Familienhundes, den meine Mutter immer mit wenig Feingefühl geschoren hatte. Sie hatte ihn als Welpen von einer Bekannten bekommen und hartnäckig behauptet, es sei ein Pudel, bis er nach kürzester Zeit so riesig geworden war, dass er die Hundehütte in unserem Garten gesprengt hatte. Ab und zu hatte meine Mutter mit einem Kopfschütteln über die Geschichte gelacht.

SECHZEHNTE WOCHE

Der erste Arbeitstag nach einem Konzertbesuch war immer eine Qual. Die Veranstaltung gestern hatte in einem Vorort stattgefunden und der überfüllte Bus zurück zur Bahnstation hatte ewig gebraucht, sodass ich erst spät zu Hause angekommen war. Mein eigentliches Problem war aber ein anderes: Ich spürte in meinen Augen, Ohren und meiner Brust noch immer die Hitze des letzten Abends. Sobald ich die Lider schloss, wand sich grünes Licht in der Dunkelheit, Tonfragmente regten sich und ich konnte mich unmöglich auf die Arbeit konzentrieren. Ich hatte das Gefühl, wenn ich den Mund öffnete, würde meinen Lippen eine überirdische Melodie entweichen. Das graue Sweatshirt-Kleid, das ich online gekauft hatte, verwandelte sich in einen silbernen Fummel, der unter den Scheinwerfern hell funkelte, als ein großer Stapel Papierrollen auf meinem Tisch landete und mich aus meiner Phantasie riss. Ich war zurück in meinem zu stark beheizten und nach Kaffee riechenden Büro im vierten Stock.

Während ich dem Vertriebsmitarbeiter, der die Rollen gebracht hatte, einige Fragen beantwortete, nahm ich eines der Muster in die Hand und betrachtete es. Es war das Innenstück einer Tapetenrolle, das wir einem Hersteller für Wandverkleidung liefern sollten – einem Neukunden, was in unserer Firma eine Seltenheit war.

Papierrollen hatten mich eigentlich nie interessiert. Direkt nach der Universität hatte ich bei der Zeitarbeitsfirma angefangen, bei der ich Yukino und Momoi kennengelernt hatte. Zwischen Menschen, die Jobs suchten oder kündigen wollten, und Firmen, die Arbeitskräfte brauchten, aber keine festen Gehälter zu zahlen bereit waren, befand ich mich. Ich war dagewesen. Was ich sonst geleistet hatte, wusste ich selbst nicht genau. Man hatte mir eine Visitenkarte mit dem Titel »Mitarbeiterin im Vertrieb« ausgehändigt. Ich hatte Anrufe getätigt, Jobsuchende zu mir bestellt, Unterlagen über Unterlagen über Unterlagen angefertigt, gefragt, warum die Arbeitskraft nicht gepasst oder der Arbeitgeber nicht gefallen habe, und noch mehr Dokumente verfasst, die sich nur im Namen der Firmen und der Beschäftigten unterschieden.

Kurz vor unserem dritten Jahr hatte Yukino gekündigt und wenig später hatte mir Momoi anvertraut, sie überlege ebenfalls, die Arbeit zu wechseln. »Mach das auf jeden Fall«, riet ich ihr damals. »Es gibt so viele bessere Firmen.« Obwohl ich es ehrlich gemeint hatte, konnte ich mich selbst lange nicht aufraffen, nach etwas Neuem zu suchen.

Mit Mitte zwanzig nannte man mich »Chefin«. Von den Kollegen, die zusammen mit mir angefangen hatten, war nur noch die Hälfte übriggeblieben, und auch sonst hatten uns viele verlassen. Mir waren nun einige Mitarbeiterinnen unterstellt, deren Alter sich kaum von meinem unterschied.

Sie mochten mich und es machte Spaß, sich mit ihnen zu unterhalten, doch in der Managerinnenposition bekam ich meine Überstunden nicht mehr bezahlt. Ohne dass sich die Anzahl der Firmen, die ich betreute, merklich verringerte, nahmen die Besprechungen und Berichte zu. Ich wurde bis spät in die Nacht von Vorgesetzten und Kunden auf meinem privaten Handy angerufen. Wochenenden verschwanden. Zeit zu essen verschwand. Meine Menstruation verschwand.

Eines Tages beschwerte man sich bei mir, ein von uns entsandter Mitarbeiter würde stinken. Ich solle doch bitte einmal mit ihm sprechen. Der Mann war Ende vierzig, hager und roch bei unserem Treffen tatsächlich streng. Nicht nach Schweiß, sondern so, als dusche er nicht. Ich bat ihn, sich regelmäßig zu waschen.

Kurze Zeit später meldete sich sein Chef erneut: »Er stinkt immer noch, tun Sie bitte schnell etwas dagegen.« Also traf ich mich noch einmal mit dem Mann und wiederholte meine Bitte, woraufhin er mich unvermittelt am Arm packte. »Dann geh doch mit mir ins Hotel und wasch mich! Spiel dich mal nicht so auf, Tussi.« Es war nur ein kurzer Augenblick, aber das Bild seiner runden, dunkel verfärbten Nägel, die sich in meinen Arm bohrten, fraß sich in meine Seele. Keine Stunde später bekam ich von seinem Vorgesetzten die Nachricht: »Baden sie doch mit ihm zusammen, Frau Shibata. Ich würde dann auch mit in die Wanne springen.« Der Chef des stinkenden Mitarbeiters war ein Mann in den Fünfzigern, der schon zuvor häufig spät abends oder nachts unter fadenscheinigen Vorwänden Besprechungen mit mir hatte abhalten wollen. Statt zu antworten, meldete ich mich direkt online bei einer Jobvermittlung an.

Dem mir zugewiesenen Betreuer erzählte ich, ich wolle nicht mehr im Vertrieb arbeiten und suche nach einem ruhigen Arbeitsplatz. Er schlug mir meine jetzige Firma vor. Anfangs wusste ich nicht einmal, dass es Firmen gab, die sich auf die Herstellung von Papierrollen spezialisiert hatten. Unter der Arbeit in der Produktionskontrolle konnte ich mir nichts vorstellen, also ging ich vor meinem Interview die Homepage des Unternehmens durch, die offensichtlich veraltet war. Hier und da war der Text falsch kodiert, sodass ich nur einen langen Buchstabensalat vor mir sah. Auf einer Seite mit dem Titel »Die Nummer eins der Branche! Herstellungsprozess einer nahtlosen Papierrolle« wurde dargestellt, wie unheimlich kompliziert es war, Papierrollen ohne jegliche störende Übergänge zu produzieren. Ich verstand nur Bahnhof.

Nach kurzem Überlegen kam ich aber zu dem Schluss, dass eine Papierrolle ohne Naht bestimmt besser wäre als eine mit und dass ich lieber darüber nachdachte als über stinkende Zeitarbeiter. Am Tag meines Interviews lernte ich den Abteilungsleiter und den Sektionschef kennen. »Es ist uns eine Ehre, eine Dame mit Universitätsabschluss in unserem Team begrüßen zu dürfen«, hatte einer der beiden gesagt. »Bis vor Kurzem hatten wir zwei weibliche Kolleginnen in der Abteilung, allerdings nur in Teilzeit. Leider haben beide aufgehört.« Mit diesen Worten wurde ich direkt eingestellt.

An meinem ersten Arbeitstag wurden mir meine Aufgaben im Detail erklärt. Ich sollte die Aufträge, die der

Vertrieb uns schickte, überprüfen, für die Herstellung ein Dokument mit den Spezifikationen des jeweiligen Produktes erstellen und einen Fertigungsplan entwerfen. In meinem ersten Monat kam es mir noch so vor, als wäre ich im Himmel. Mir wurden weder unerreichbare Vertriebsquoten aufgedrückt, noch bekam ich mitten in der Nacht Anrufe. An Tagen im Büro durfte ich in Sneakers und mit Rucksack kommen. Die Blutblasen an meinen Füßen, die durch das ständige Tragen von Pumps entstanden waren, bildeten sich zurück. Ich konnte sogar an Arbeitstagen abends noch zu den Konzerten meiner Lieblingsbands gehen.

Wie mir die Jobvermittlung mitgeteilt hatte, waren die meisten Kollegen schon lange in dieser Firma. Im Durchschnitt waren sie sehr viel älter als ich. Kaum einer wurde je laut. Das Büro erinnerte mich an ein Moor, zu dem ich als Kind mit meiner Familie einen Ausflug gemacht hatte. Es war friedlich, ruhig und die Zeit dort verging langsam.

Doch als ich nach anderthalb Monaten wie gewohnt in den Fahrstuhl mit der flackernden Glühbirne stieg, fiel mir wieder auf, was ich schon bei meiner allerersten Vormittagsversammlung bemerkt hatte. Alle Gesichter in diesem Büro waren fahl und glanzlos. Es ging nicht um fehlende Bräune, der schlechte Teint schien von innen heraus zu kommen, auf ungesunde Organe hinzudeuten. Vielleicht wirkte es auf mich nur so, weil die Büroräume älter und dunkler waren als die meiner vorherigen Firma im zweiundzwanzigsten Stock. Das versuchte ich mir einzureden, doch hatte man einen Gedanken erst einmal gefasst, war es schwer, ihn wieder loszuwerden.

Nach einer Weile verstand ich endlich, woran die schlechten Gesichtsfarben lagen. Meine Kollegen verbrachten unheimlich viel Zeit in der Firma. Mehrmals täglich wurde ein Pulk Mitarbeiter in einem Raum versammelt, um sich einen Monolog, einen spontanen Einfall oder das Gejammer eines Managers anzuhören, was als »Besprechung« betitelt wurde. Um einen einzigen Budgetposten bewilligt zu bekommen, mussten Unterlagen für den Abteilungsleiter erstellt, nach dessen Stempel für den Sektionschef umgeschrieben und am Ende in einem dicken Stapel Papiere dem Firmenchef ausgehändigt werden. Dann wurde alles, weiß Gott warum, noch in Farbe kopiert und an alle in der Abteilung verteilt. Dieser langwierige Prozess raubte einem jegliche Zeit und Muße, über den Sinn der einzelnen Handlungen nachzudenken, geschweige denn Zweifel daran zu äußern. Man hielt den Mund und machte es einfach. Wenn man erschöpft war, konnte man sich wie alle anderen eine Schachtel Zigaretten in die Hemdtasche stecken und im Besprechungsraum oder unten vor dem Gebäude rauchen.

Zusätzlich zu alldem hatte ich noch andere namenlose Tätigkeiten, die mir nie direkt übertragen wurden, für die ich aber automatisch zuständig zu sein schien.

Am Anfang dachte ich, es wäre nur vorübergehend, bis ich eigene Projekte bekäme oder ein neuer Kollege zu uns stieße, an den ich die Aufgaben abgeben könnte. Konkret ging es um: Telefonate annehmen, kopieren, Besorgungen machen, die Briefe an die Abteilung sortieren und verteilen, Kopierpapier nachlegen, Patronen wechseln, täglich das Datum aufs Whiteboard schreiben, Müll einsammeln, den verstopften Shredder reparieren, verfaultes Essen aus dem Kühlschrank entsorgen, die Mikrowelle mit Alkoholreiniger von den Überresten eines explodierten Fertiggerichtes befreien. Mir wurde nie explizit gesagt, all das sei Teil meiner Arbeit, aber wenn ich es nicht tat, wurde ich mit einem »Mikrowelle!« darauf hingewiesen. »Frau Shibata, Mikrowelle!« Ich hieß nicht Mikrowelle.

Kaffee zu servieren gehörte auch zu meinem Bereich. Immer wenn Gäste kamen, war ich gefragt. Da wir nur Instantkaffee hatten, hätte es jeder andere auch tun können, außerdem wusste ich genau, dass sich meine Kollegen oft genug selbst Kaffee machten. Sobald jedoch ein Kundenbesuch anstand, überfiel sie eine kollektive Amnesie. War ich nicht sofort zur Stelle und ignorierte die genervten Blicke, rief mit Sicherheit jemand: »Kaffee!« Ich hieß auch nicht Kaffee.

Manche nahmen die Kaffeefrage besonders ernst. Einmal bekam ich die Unterhaltung einer Gruppe Kollegen mit, die erfahren hatten, dass ich einen Auswärtstermin hatte, während sie Gäste empfingen.

»Wie regeln wir das heute Nachmittag eigentlich mit dem Kaffee?«

»Ich habe schon eine Kollegin aus einer anderen Abteilung organisiert. Sie macht das für uns.«

»Sehr gut! Ich sehe, Sie denken mit!«

In meiner Abteilung herrschte anscheinend der Glaube, dass man beim Kaffeeeinschenken einen wichtigen Teil seiner Männlichkeit verlor.

Nur Herr Higashinakano war dagegen immun. Als der Abteilungsleiter einmal an einem meiner Urlaubstage mit dem Kaffeeproblem zu kämpfen hatte, bot er von sich aus an, einzuspringen. Leider schwappte, als er einem Kunden einschenken wollte, Kaffee auf den Untersetzer, blieb am Boden der Tasse haften und tropfte beim Trinken auf das Hemd des Kunden. Seitdem war es Herrn Higashinakano explizit verboten, sich einer Kaffeekanne zu nähern, was mich ein wenig mit Neid erfüllte. Immerhin bekam er Feedback, wenn auch negatives. Meine Kellnerinnentätigkeit wurde mit keinem Wort gewürdigt.

Ich arbeitete mich ein und bekam mehr Projekte, doch die zusätzlichen Tätigkeiten wurden nicht weniger. Auch nachdem einige Universitätsabsolventen eingestellt und unsere Aufgaben neu verteilt worden waren, lagen diese noch immer ganz bei mir. Ehe ich mich versah, blieb ich so lange in der Firma, dass auf dem Heimweg das Sashimi im Supermarkt versteinert und die feuchten Wischtücher, die hinter der Kasse auslagen, staubtrocken waren. Eines Tages, als ich mal wieder Überstunden machte, kam der Abteilungsleiter an meinen Platz und kommentierte das Bandposter, das ich dort aufgehängt hatte.

»Interessante Band.«

Was er denn daran interessant fände, wollte ich wissen. »Die Aufmachung irgendwie«, war seine unbefriedigende Antwort. Um Musik scherte sich der Abteilungsleiter nicht, um mein Liebesleben und meine Heiratspläne dafür umso mehr. Er und andere Kollegen erkundigten sich ständig danach. Was ich für ein friedliches Moor gehalten hatte, war in Wirklichkeit ein Sumpf, nicht besonders tief, aber mit einem Geruch nach Moder, der das ganze Jahr über anhielt.

Während der Sumpf vor sich hin brodelte und munter Faulgase ausstieß, besuchte ich zum ersten Mal die Papierrollenfabrik. »Sehen Sie sich den Fertigungsprozess einmal in der Praxis an«, hatte man mir und einer Handvoll Kollegen gesagt und uns zu dieser Weiterbildungsmaßnahme angehalten. Da ich in der Produktionskontrolle arbeitete, war ein Fabrikbesuch längst überfällig gewesen, aber bis dahin hatte nie jemand Zeit dafür gehabt.

Die Fabrik befand sich in einem Außenbezirk Tokyos, der mit der Bahn eine Stunde entfernt war. Damals hatte ich, genau wie heute, am Vortag mit einer Freundin ein Konzert besucht und war leicht übernächtigt gewesen. Ich erinnerte mich noch genau daran, wie kalt meine Hände und Füße gewesen waren, während meine Augen und mein Hals vor Hitze gebrannt hatten. Im Wareneingang, wo man uns zuerst hinführte, türmte sich das Rohpapier, das wie ein Haufen riesiger, behäbiger Stofftiere aussah. Im Raucherzimmer waren die Wände gelb wie eingelegter Rettich. Irgendwann während der Besichtigung zeigte man uns ein Erklärvideo, das vollständig vom Maschinenlärm übertönt wurde. Als wir endlich durch den schweren Plastikvorhang in die Fabrikhalle traten, sah ich in der grellen Nachmittagssonne Papierfetzen tanzen. Eigentlich hatten wir uns die Fertigung ansehen sollen, doch die Maschinen, die uns eine nach der anderen erklärt wurden, machten ihre wohlverdiente Pause. Zum Schluss sahen wir dann doch noch, wie Papier um einen langen Stab gewickelt und in Röhrenform gebracht wurde, doch die meisten Kollegen konnten sich nach dem langen Marsch durch die Fabrik das Gähnen nicht mehr verkneifen.

Es waren die letzten Fertigungsschritte. Lange Streifen Kartonpapier wurden um einen länglichen Eisenkern gewickelt und abgeschnitten. Das war alles. Weder hochmoderne Technik noch atemberaubende Präzision waren im Spiel. Die fertigen Rollen würden das Kernstück von Frischhaltefolie, Industriefolie oder Klebeband bilden und von niemandem besonders beachtet werden. Und doch hatte das Ganze etwas Magisches. Zahllose an Schleifen erinnernde Papierbänder liefen unablässig durch die Maschine, um sich auf einen Eisenkern aufwickeln zu lassen, der ihnen am Ende wieder entzogen wurde und sie hohl zurückließ.

Sie laufen, werden aufgewickelt und was dann, fragte ich mich wie in Trance, als die Maschine stoppte und der Motorenlärm versiegte. Übrig blieben Stapel weißer Rollen und die Resthitze des Getriebes. Nun lag die Fabrik so vor mir da, wie ich sie von Fotos kannte.

Die Besichtigung war vorbei. Wir mussten jetzt nur noch innerhalb von zwei Tagen der Personalabteilung einen Erfahrungsbericht vorlegen. Obwohl unser Arbeitstag offiziell noch nicht zu Ende war, durften wir bereits nach Hause fahren. Die anderen Teilnehmer fragten mich, ob ich noch mit ihnen in eine Bar gehen wolle, aber ich lehnte ab. In der Bahn zurück nach Tokyo war kaum jemand. Ich nahm auf einem der ausgesessenen, rot gepolsterten Sitze Platz und dachte daran, wie das Papier voranmarschiert. Weiter und weiter und weiter. Die Beschwörung der Papierschleifen.

Zurückgekehrt aus meinen Erinnerungen schrieb ich für den jungen Vertriebler, der erst dieses Jahr angefangen hatte, alles auf, was vor Fertigungsstart mit dem Kunden besprochen werden musste. Er bedankte sich unsicher und verstaute den Berg an Mustern wieder in seiner Papiertüte. Neben mir hörte ich Herrn Higashinakano.

»Guten Tag, Sie sind mit der Produktionskontrolle verbunden.«

Kaffeeausschenken hatte man ihm verboten, für den Telefondienst war er anscheinend noch gut genug.

SIEBZEHNTE WOCHE

Ganze vier Kilogramm hatte ich seit Beginn der Schwangerschaft zugenommen. Diese Erkenntnis bewegte mich zu dem Entschluss, auf dem Rückweg von der Arbeit ein, zwei Stationen früher auszusteigen und den Weg zu Fuß zu gehen. Heute setzte ich meinen guten Vorsatz in die Tat um und stieg zwei Haltestellen früher aus.

Vor dem Bahnhofsgebäude dämmerte es bereits und Schatten verschmolzen mit der Umgebung. In dem intensiven Ultramarin, das die Luft erfüllte, wirkten die Blumen vor dem Drogeriemarkt wie schneeweiße Kleckse auf einer blauen Leinwand. Ich wickelte den Schal aus dem Schlussverkauf von letztem Winter etwas fester um meinen Hals.

Jahrelang hatte ich diese Bahnlinie benutzt, war aber noch nie hier ausgestiegen. Weder war die Station besonders groß, noch sah ich Hochhäuser, trotzdem strömten unablässig Menschen auf das Bahnhofsgebäude zu. Es musste Schulen und Firmen, vielleicht auch eine Uni in der Nähe geben, denn mir kamen Gruppen von Mittelschülerinnen in Uniformen, lachende Studentinnen und Anzugträger entgegen, während ich meinen Weg nach Hause antrat. Die Sonne ging unter und die Menschen auf der Straße verwandelten sich in dunkle Schemen, die erst wieder Gestalt annahmen, wenn ich ihnen unter einer Straßenlaterne begegnete. Hier draußen in der Kälte und Finsternis kamen sie mir alle wie Profis vor, Profis, die sich weder verirrten noch in Tränen ausbrachen, weil ihre Hände und Füße froren, sondern ganz besonnen zu ihren jeweiligen Wohnungen zurückkehrten. Zwei Mädchen im selben Sportanzug, wahrscheinlich auf dem Rückweg vom Training ihrer Schulsportmannschaft, aßen gebackene Süßkartoffeln, die warm und schmackhaft aussahen. Ich beneidete sie darum.

Ich lief immer weiter und erreichte nach einer Weile ein Wohngebiet. Außer an kleinen Einfamilienhäusern und Apartmentgebäuden kam ich nur an einem Parkplatz, einem Spirituosen- und einem Tabakladen vorbei, beide Geschäfte hatten die Rollläden heruntergelassen. Es waren kaum Menschen unterwegs. Hin und wieder sah ich ein Stück vor mir jemanden, doch bevor ich ihn oder sie richtig erkennen konnte, war die Person auch schon in eine Seitenstraße gebogen. Hinter mir hörte ich leise Schritte, doch auch diese verwandelten sich bald in das typische metallische Klappern, das beim Hochsteigen der Außentreppe zu einem der alten Apartmenthäuser entstand. Menschen verschwinden oft sehr schnell aus deinem Leben, dachte ich. Sie brechen nicht formell den Kontakt ab, sondern tun es ganz still, so still, dass beide Seiten das Verschwinden kaum bemerken.

Ich hielt an, um auf dem Handy den Weg nachzuschauen. In einer Wohnung vor mir ging das Licht an, aber sofort zog jemand die orange karierten Vorhänge zu und der Schein verblasste. Durch das Fenster hörte ich die Stimmen eines

Mannes und einer Frau sowie das Knistern einer Einkaufstüte.

Auf der nunmehr menschenleeren Straße roch es leicht nach Shiitake-Brühe. Als Kind hatte ich diesen Geruch verabscheut.

Ich musste noch ein ganzes Stück weitergehen, bis ich endlich auf eine Straße kam, die ich wiedererkannte. Zwei, drei Häuserblöcke vor mir sah ich etwas Rotes, das sich deutlich von der Dunkelheit absetzte. Es bewegte sich langsam vorwärts, hielt inne, nur um dann schleppend weiterzugehen. Im fahlen Schein der Straßenlaterne und dem matten Licht, das aus den Fenstern der Häuser auf die Straße fiel, wirkte es wie ein behäbiges verirrtes Wesen.

Ich überlegte, einen anderen Weg einzuschlagen. Letzte Woche war hier in der Nähe einer Frau die Handtasche gestohlen worden und der Täter war noch nicht gefasst. Darauf hatte mich eben erst ein Plakat an einem Strommast aufmerksam gemacht.

Wie ist es für eine Person, die allein wohnt, ausgeraubt zu werden, fragte ich mich. Der erste Schritt wäre der Weg zur Polizei. Aber was dann? Wenn mir jetzt jemand die Tasche stehlen würde, hätte ich keinen Wohnungsschlüssel mehr und ich könnte klingeln, soviel ich wollte, niemand würde mir öffnen. Ich müsste die Hausverwaltung anrufen, hätte aber kein Handy und wüsste die Nummer nicht auswendig. Selbst wenn, könnte ich kein öffentliches Telefon benutzen, weil ich ja kein Geld hätte. Vielleicht würde die Polizei in so einem Fall helfen. Jedenfalls würde ich, zu so später Stunde, sicher erst am nächsten Tag einen Zweitschlüssel erhalten. Ich müsste also auf eigene Kosten in einem Hotel übernachten. Verdammt, dachte ich, dabei hatte ich so fleißig gespart! Während ich mich über hypothetisch vergeudetes Geld ärgerte, hatte ich das rote Etwas schon fast erreicht.

Es war eine junge Frau, die in gekrümmter Haltung an einem Strommast lehnte und zu Boden starrte. Sie hatte ein schönes Profil. Trotz der nächtlichen Kälte stand ihr knallroter Daunenmantel komplett offen und ließ einen großen Bauch erkennen, der sich unter schweren Atemzügen hob und senkte.

»Alles okay?«, fragte ich und eilte instinktiv an ihre Seite.

Da sie sich in genau demselben Moment zu mir umdrehte, streifte meine rechte Hand ganz leicht ihren Bauch. Eine üppige Wölbung unter einem Strickpullover. Sofort schlang sie schützend ihre Arme darum, wich mir aus und hockte sich kauernd auf den Boden. Ihr langes Haar und der Daunenmantel zitterten. Bei meinem nächsten Satz bemühte ich mich um einen beschwichtigenden Tonfall.

»Verzeihen Sie, aber Sie sahen aus, als ginge es Ihnen nicht gut ... Kann ich etwas für Sie tun? Möchten Sie vielleicht einen Schluck Wasser? Ich habe aus der Flasche allerdings schon getrunken.«

Sie sah mit ihrem auffällig schmalen Gesicht zu mir auf. Einen Moment lang flackerte Angst in ihren großen, schwarzen Augen auf, doch dann bemerkte sie den »Baby-im-Bauch-Anhänger« an meiner Tasche und ihre Schultern entspannten sich.

»Es ist alles okay.«

Ihre Stimme klang wie ein Xylophon, das in einem kleinen einsamen Raum behutsam angeschlagen wurde.

»Es geht mir gut, wirklich. Danke.«

Die Frau richtete sich eilig auf und klopfte den Saum ihres Mantels ab. Aufrecht stehend war sie größer als erwartet. Ich wollte noch einmal fragen, ob sie wirklich zurechtkäme, aber da sie mir versichert hatte, es ginge ihr gut, verkniff ich mir den Satz.

Wir verbeugten uns zum Abschied ein wenig hölzern. Sie ging in die Richtung, aus der ich gekommen war, und ich setzte meinen Weg nach Hause fort. Bevor ich abbog, drehte ich mich ein letztes Mal zu ihr um und sah, wie der rote Daunenmantel hinter einer Hausecke aus Beton verschwand.

Die Karten-App zeigte mir, dass es nicht mehr weit war.

Während ich die Straße, die an einem Schrein vorbei zu meinem Wohngebäude führte, bergab lief, versuchte ich, mir das Gesicht der Frau in Erinnerung zu rufen, doch es gelang mir nicht. Ich wusste nur noch, wie schmal es gewesen war. Ganz anders, als es sich mit ihrem Bauch verhalten hatte. Als meine Hand ihn minimal gestreift hatte, war mir mit jeder Faser meines Seins bewusst geworden, dass sich in dieser großen Wölbung etwas Wichtiges und absolut Wirkliches befand.

ACHTZEHNTE WOCHE

Ich ging nun täglich nach der Arbeit dieselbe Teilstrecke zu Fuß nach Hause und hatte mir vorgenommen, dieses Wochenende noch zusätzlich einen Spaziergang zu machen. Gestern war ich zu Hause geblieben, da es geregnet hatte, aber heute, am Sonntag, war der Himmel wolkenlos und so machte ich mich nachmittags um kurz vor vier auf den Weg.

Alles war in ein klares, warmes Dezemberlicht getränkt, nicht mehr lange und es würde dunkel werden. Am Anfang des Monats war es noch so warm gewesen, dass die Bäume eisern an ihrem flammend roten Blattwerk festgehalten hatten, vielleicht eine Auswirkung des Klimawandels, jetzt aber hatten sie ihr Laub abgeworfen und ihr Wintergewand angelegt.

Ich wollte mir meine gewohnte Strecke bei Tageslicht ansehen, also beschloss ich, sie in umgekehrter Richtung abzugehen. Zuerst lief ich die ansteigende Straße hinauf, die an dem Schrein vorbeiführte. Als ich fast oben angekommen war, entdeckte ich unter einer mandarinenförmigen Sonne die rote Daunenjacke. Sie lehnte an der Informationstafel eines Parkplatzes, schaute auf ihr Handy und wirkte gesünder als bei unserer letzten Begegnung. Ab und zu sah sie auf ihren Bauch und streichelte ihn.

Ich fragte mich, ob ich sie ansprechen und mich dafür entschuldigen sollte, dass ich ihr vor Kurzem einen solchen Schrecken eingejagt hatte, als ein großer Mann hinter der Tafel erschien und sich vor meinen Augen eine Szene wie aus einer kitschigen Seifenoper im Schnelldurchlauf abspielte. Liebevoll schlang er einen Arm um die Hüfte der Frau und sagte etwas, worauf sie mit ihrer Xylophonstimme klimpernd lachte. In trauter Zweisamkeit stiegen sie den Hügel hinauf.

Noch bevor sie ganz oben angekommen und aus meinem Blickfeld verschwunden waren, machte ich eine Kehrtwendung und stiefelte zu meiner Wohnung zurück. Mir fiel auf, dass ich dieses Wochenende noch mit niemandem ein Wort gewechselt hatte.

NEUNZEHNTE WOCHE

Die Weihnachtsfeier der Abteilung zerfloss im schläfrigen Honiglicht der Kneipe zu einer zähen Masse ohne Anfang und Ende. Edamame, frittiertes Hähnchen, Omelette, Garnelenchips. Immer blieben die Anstandsbissen träge auf ihren Tellern liegen und über sie hinweg wurde sich an Studentenpartys erinnert, auf Kunden geschimpft, erzählt, was man für die Gesundheit tat, und endlos über das Essen geredet. Die Themen kamen und gingen, verstrickten sich und ertranken irgendwann im Alkohol und Zigarettenqualm.

Ich kratzte mich unauffällig am Bauch, den ich heute mit einem Schal ausstaffiert hatte. Seit der Heißhunger, den ich nach Ende der kritischen Phase verspürt hatte, wieder abgeklungen war und ich regelmäßig spazieren ging, hatte ich mein altes Gewicht fast zurück. Es war daher umso wichtiger, den Bauch weiterhin zu betonen. Wie viel ich mir unter die Kleidung stopfen musste, verriet mir die Schwangerschafts-App. Momentan hatte mein Fötus die Größe einer Mango. Ich hatte zu meinem alten Wollschal gegriffen – im Nachhinein eine Fehlentscheidung, denn die Kneipe war so stark beheizt, dass mein Bauch schwitzte und juckte.

»Frau Shibata ... oder?«, hörte ich meinen Kollegen Herrn Tanaka mir gegenüber sagen.

»Wie bitte?«

Ich drehte mich zu ihm um. Uns trennte der Tisch, doch die Fingerabdrücke und weißen Schmutzflecken auf den Gläsern seiner Hornbrille konnte ich nur zu deutlich erkennen. Die anderen beiden, die sich mit uns den Tisch teilten, suchten gerade die Toilette auf und neben uns machte der Rest der Abteilung Lärm. Wir hatten keine große Tafel, geschweige denn den ganzen Raum reservieren können, da gegen Jahresende immer alles ausgebucht war. Man hatte uns also auf mehrere Vierer- und Sechsertische aufgeteilt. An einem davon, schräg gegenüber von uns, schien der Abteilungsleiter pausenlos Witze zu reißen. Jedes Mal brach lautes Gelächter los und es wurde artig Beifall geklatscht. Die Kollegen erinnerten mich an Aufziehaffen, die eifrig ihre Becken aneinanderschlugen.

»Ich sagte: Sie sind schwanger, Frau Shibata, oder?«, wiederholte Herr Tanaka seine Frage.

»Ja, das bin ich. Warum?«

»Weiblein oder Männlein? Nun sagen Sie schon!«

»Ich weiß es noch nicht.«

»Ein Frauenzimmer, tippe ich. Ist nur so ein Gefühl.«

Frauenzimmer. Was fiel ihm ein, so über mein fiktives Kind zu sprechen? Fast hätte ich gesagt, Herr Higashinakano vermute aber, dass es ein Junge werde, doch ich hielt mich lieber zurück. Herr Higashinakano war nämlich nicht da, weil er sich als erster in der Firma die Grippe eingefangen hatte, die laut Flurfunk dieses Jahr noch gar nicht richtig

im Umlauf war. »Und das in der stressigsten Zeit des Jahres«, hatte heute Morgen jemand im Fahrstuhl geschimpft. »Kann der sich nicht mal zusammenreißen?«

»Bei Ihnen kann ich mir einen Kerl einfach nicht vorstellen, Frau Shibata«, sagte Herr Tanaka jetzt. »Hey«, rief er dann der Kellnerin zu und bestellte nach langem Überlegen ein Bier.

Es wurden große Teller mit gebratenem Reis und ein kleiner leerer für jeden von uns hergebracht. Sofort ertönte aus allen Richtungen das Geklapper chinesischer Porzellanlöffel. Herr Tanaka starrte den Berg Reis eine Zeit lang stumm an. Als ich ihm etwas auf seinen kleinen Teller tat und ihm diesen reichte, quittierte er die Geste mit einem knappen »Danke« und schlang das Essen in sich hinein. Dabei kleckerte er etwas Reis auf den Tisch.

»Das hat wirklich keiner erwartet, Frau Shibata.«

»Was?«

»Na, ist doch so, oder? Völlig aus dem Nichts.«

Ich sah, wie die beiden Kollegen von unserem Tisch nacheinander von der Toilette zurückkamen und ein mir unbekannter Mann in die Richtung ging. Als die Tür geöffnet wurde, entdeckte ich an der Innenseite ein Werbeposter für Peace Boat – das Kreuzfahrtschiff einer NGO zur Förderung des Friedens.

»Darf ich Ihren Bauch mal anfassen?«, fragte Herr Tanaka plötzlich. »Nicht? Ha, ha! Ach, sorry, war doch nur ein Scherz.«

Reflexartig hatte ich die Arme vor meinem Bauch verschränkt, woraufhin er lachte, ohne dass ich mitlachte, und sich entschuldigte, ohne dass ich ihn darum gebeten hätte. Danach schaufelte er sich mehr Essen auf seinen Teller, diesmal schaffte er das selbst. Ölig gelbe Reiskörner verteilten sich schwungvoll auf dem Tisch, fielen auf Herrn Tanakas Kleidung und verhakten sich zwischen seinem Ehering und seinem Finger. Auf seinem Hemd bildeten sich Fettflecken.

»Ich meine ja nur, Sie und ein Kind, Frau Shibata.«

»Sehe ich so aus, als möge ich keine Kinder?«

»Um mögen geht es doch gar nicht.«

Herr Tanaka nahm einen Schluck von seinem Bier und kratzte sich am Bauch. Eines der Reiskörner an seiner Hand fiel zu Boden. Unsere Kollegen setzten sich zurück zu uns an den Tisch.

»Das kam doch völlig unerwartet, oder?«, fragte Herr Tanaka nach Zustimmung heischend. »Ich rede von Frau Shibatas Schwangerschaft.« Die beiden warfen sich einen kurzen Blick zu und lächelten unbehaglich. Einer von ihnen war unser jüngster Kollege, der andere war zwei, drei Jahre älter als ich. »Ja, eine Überraschung war es schon«, bemerkte der ältere. Der jüngere nickte zustimmend. »Mich hat es auch erstaunt«, meinte er. »Ich freue mich aber sehr für Sie. Glückwunsch noch einmal.« Er prostete mir zu und das Kondenswasser an seinem Glas tropfte auf den danebengefallenen Reis. Der ältere Kollege griff nach meiner Serviette und wischte damit über den Tisch, während ich wortlos an meinem Oolong-Tee nippte.

Eine Zeit lang beobachtete Herr Tanaka stumm die zwei Männer beim Essen, dann beugte er sich unvermittelt zu mir vor. Von Nahem fiel der Schmutz an seiner Brille noch mehr auf.

»Dass Sie plötzlich schwanger werden, Frau Shibata … Nie hört man Sie vom Heiraten oder von irgendwelchen Männergeschichten reden und jetzt das. Sie sind also doch nicht die Unschuld vom Lande. Hätte ich nicht erwartet.«

Meine Serviette war vom Tisch gefallen, nachdem man sie als Putzlappen missbraucht hatte. Nun trat jemand im Vorbeigehen darauf. Plötzlich wurde es mir zu viel.

»Hätten Sie nicht erwartet, sagen Sie?« Meine Stimme bebte. »Kennen Sie mich denn so gut? Ich kenne Sie jedenfalls kaum, Herr Tanaka, und habe auch kein gesteigertes Interesse an Ihnen. Wollen Sie vielleicht bei der Geburt meines Kindes zusehen, um zu erkennen, dass es eine Welt außerhalb Ihrer Vorstellungskraft gibt? Dass es mein Kind gibt!«

Leider trug meine Stimme wohl nicht besonders gut, denn obwohl ich ziemlich laut geworden war, ignorierte mich Herr Tanaka und rief die Kellnerin herbei, als sei nichts gewesen. Ihre gebräunte Haut kam unter der weißen Uniform gut zur Geltung. Auf dem Schild an ihrer Brust stand ein Name, der offensichtlich nicht japanisch war. Herr Tanaka machte einen Scherz darüber, lachte selbst am lautesten und bestellte drei Whisky-Highballs und einen warmen Tee, der anscheinend für mich gedacht war. Als die Kellnerin kurz darauf die Getränke brachte, lächelte sie professionell und ließ sich, falls der Scherz sie gekränkt hatte, nichts anmerken. Am Nachbartisch wollte eine Unterhaltung über Klassentreffen einfach nicht enden.

»Verzeihung«, setzte ich an, als der Organisator aufstand und in die Hände klatschte, um auf sich aufmerksam zu machen. »Alle mal zuhören!«, rief er. »Der Abteilungsleiter hält zum Abschluss eine kleine Rede!« Die drei Kollegen an meinem Tisch schauten abwechselnd zum Organisator und zu mir. Herr Tanaka setzte sein Glas ab. Einen Moment lang beobachtete ich, wie die Kohlensäurebläschen an die Oberfläche stiegen und zerplatzten. Dann hob ich den Blick.

»Wissen Sie, ob man den Zuschuss, der zur Geburt eines Kindes ausgezahlt wird, auch bekommt, wenn man nicht verheiratet ist?«

Ich stieß mehrmals kurz Luft aus, in der Hoffnung, es klänge vielleicht wie ein Lachen, was aber anscheinend nicht der Fall war. Meine Kollegen schwiegen. »Vermutlich schon«, setzte Herr Tanaka dann mit gesenkter Stimme an. »Fragen Sie doch mal im Personalbüro nach.« Gleich darauf begann die Rede des Abteilungsleiters: »Das Jahr ist noch nicht ganz zu Ende, aber ich bedanke mich schon einmal für Ihre gute Arbeit. Wir hatten mit hohen Materialkosten und dem Bankrott einiger langjähriger Kunden zu kämpfen, doch trotz der kritischen Lage in unserer Branche können wir stolz darauf sein, mit vollzähliger Belegschaft ins neue Jahr zu starten und …«

Jemand öffnete die Tür zur Toilette und ich sah wieder das Poster. Zum ersten Mal in meinem Leben wünschte ich mich auf dieses Peace Boat.

Als wir die Kneipe verließen und sich die Runde langsam auflöste, verdrückte ich mich schnell in eine andere Richtung als diejenigen, die zur nächsten Bar weiterzogen. Auf einmal stand ich mitten im Einkaufsviertel Ginza. Es war kurz nach zehn. In einem hell erleuchteten Convenience Store kaufte ich ein Dosenbier und warf die Quittung sofort in den Mülleimer vor dem Laden. Im Gehen nahm ich einen Schluck. Ich spürte, wie die Flüssigkeit durch meine Kehle floss und mir sofort zu Kopf stieg. Jedes Mal, wenn ich den Fuß aufsetzte, schoss Elektrizität durch meinen Körper und ließ vor meinem inneren Auge immer neue Farben erscheinen. Ein Hoch auf den Alkohol.

Dezembernächte in Ginza führten nirgendwohin. Menschen trieben wie Fischschwärme langsam die Straßen entlang, ihr Alkoholatem war schwer von längst erzählten Anekdoten und Gerüchten, auswegloser Unzufriedenheit, schamlosem Verlangen und endgültiger Versuchung. An einer Kreuzung blieb ich stehen und vergaß fast, dass es Nacht war, so dicht drängten sich die Menschen. Ich spürte ihre Gegenwart, die Wärme ihrer Körper und plötzlich sah ich alles vergrößert, wie durch die Linse einer Laterna Magica. Die Personen verschmolzen zu einer einzigen riesenhaften Gestalt, die meinen Geist mit ihrer rechten Hand sanft streichelte und mir mit der linken eine Ohrfeige verpasste. Mit einem Gefühl diffuser Offenbarung, wie sie nur Betrunkenen zuteilwurde, ließ ich mich von einer großen Weihnachtsbeleuchtung anziehen, schritt an glitzernden Geschenkpaketen und goldenen Teddybären vorbei und kam in einer menschenleeren Straße vor einem kleinen Gebäude zum Halt.

Das Haus war zwischen einen mit Markennamen übersäten Laden und eine alte, schiefe Pfandleihe gedrängt. Im

Erdgeschoss und ersten Stock befand sich ein Bilderbuchladen, in dessen Schaufenster ein großes Plakat für eine kindgerechte Sammlung klassischer Literatur warb, doch die Fenster waren dunkel und die elegante, mit Holzschnitzereien von Weintrauben verzierte Eingangstür fest verschlossen. Ganz oben im dritten Stock gab es ein Fenster aus Buntglas. Es schien sich in der Nacht verstecken zu wollen, doch der Mond warf sein aufmerksames Licht darauf, ganz so, als huldige er dem Bild der Frau, die als Mosaik zu sehen war. Unsere Augen trafen sich. Sie war umringt von den drei Weisen und hielt ihr Baby in den Armen.

»Du hattest es bestimmt auch nicht leicht«, hörte ich mich sagen. »Bestimmt nicht. Erst wirst du ohne dein Zutun schwanger, dann bekommst du Besuch von einem Engel und wem nicht sonst noch alles, während dir sterbenselend zumute sein muss. Obwohl – eigentlich kann ich das gar nicht beurteilen, denn ich hatte noch nie Schwangerschaftsübelkeit. Du warst noch ziemlich jung, soweit ich weiß. Waren deine Angehörigen nicht total überrascht? Dachte dein Verlobter, der Hirte – oder war er ein Zimmermann? –, Josef hieß er jedenfalls ... Dachte er nicht, du wärst einfach nur fremdgegangen? War er wütend? Tut mir leid, dass ich mich so schlecht mit deiner Geschichte auskenne.

Hör mal. Ich tue im Moment so, als wäre ich schwanger. Würdest du mir das übel nehmen? Bislang sind bei mir weder Engel noch Weise erschienen und ich habe nicht einmal meinen Eltern von dieser Sache erzählt. Meine Arbeitskollegen waren aber ziemlich von den Socken. Einer betont ständig, wie wenig er das von mir erwartet hätte, aber ehrlich gesagt kennt er mich kaum. Ich frage mich, warum er überhaupt etwas von mir erwartet. Auf jeden Fall …«

Quietschen. Rattern. Autoreifen über Gullydeckel.

Ein Taxi preschte aus einer Seitenstraße direkt auf mich zu und der Fahrer machte keine Anstalten, die Geschwindigkeit zu drosseln. In letzter Sekunde taumelte ich zur Seite, wobei der Wagen ganz leicht den Saum meines Mantels streifte. Heftig zuckte ich zusammen, so stark, dass es mich selbst überraschte. Das Taxi fuhr unbeirrt weiter.

Nun war die Straße wieder leer. Aus einer Richtung hörte ich Stimmen und das immer lauter werdende Lachen mehrerer Personen. Bald tauchten die dazugehörigen Gesichter auf. Es waren etwa zehn Betrunkene, die torkelnd wie eine Schaukel auf mich zukamen. Sie trugen Partyhüte, deren rotgrüne Glitzerstreifen mich in der Dunkelheit wie ein Geheimcode anblinkten. Eine Frau mit langen Flamingobeinen führte die Meute an. Sie zeigte auf ein Reklameschild und grölte etwas, worauf der Rest in Gelächter ausbrach. Ich meinte, ihre Alkoholfahne schon aus der Entfernung riechen zu können. Einer von ihnen zerriss die Stille mit einem gellenden Pfiff.

Ich wollte weg, hatte keine Lust, irgendetwas hiermit zu tun zu haben, sah aber auch nicht ein, warum immer ich für andere Platz machen sollte. Ich wollte doch meine Unterhaltung mit der Frau im Fenster noch ein wenig fortführen.

Also wandte ich der Gruppe den Rücken zu, holte bewusst langsam mein Handy aus der Tasche und tat so, als wartete ich auf jemanden. Stocksteif stand ich da, den Blick gesenkt, und schaltete den Bildschirm ein. Das grelle Licht stach mir in die Augen, als die Gruppe auch schon direkt hinter mir war. Bumm! Eine Hand auf meiner Schulter. Mein Magen drehte sich um.

»Fröhliche Weihnachten!«

Es war die Flamingofrau. Sie sprach laut und als ich mich zu ihr umdrehte, sah sie mich direkt an. In ihren fast transparenten Pupillen spiegelte sich mein verdutztes Gesicht für eine Ewigkeit, wie es mir schien.

»Fröhliche Weihnachten!«, »Fröhliche Weihnachten!«, riefen nun auch die anderen. Der Trupp war eine bunte Mischung aus Jung und Alt, Männern und Frauen. Glückwünsche prasselten in der stillen Winternacht auf mich ein. Nicht lange und die Gruppe war am anderen Ende der Straße verschwunden. Zum Schluss drehte sich einer von ihnen noch einmal zu mir um, machte eine Bewegung, als streichele er sich über den Bauch, und klatschte stumm Applaus, als wolle er mich zu einer Zugabe ermutigen. Dann war die nächtliche Prozession vorübergezogen.

»Fröhliche Weihnachten«, flüsterte ich nun endlich auch in die Stille hinein. Erneut blickte ich zu der Maria im Fenster auf. Ihr Lächeln war unverändert.

»Als man dir sagte, du seist schwanger«, setzte ich wieder an, »war das bestimmt ein Schock für dich. Aber immerhin feiert man sogar heute noch die Geburt deines Sohnes. Ihr beide gebt vielen Menschen Kraft. Trotzdem stelle ich es mir anstrengend vor, immer nur ›als die Mutter von …‹ zu gelten. Du hattest doch bestimmt auch Hobbys, oder? Warst du in einen Star verknallt? Was hast du gemacht, wenn du dich gestresst gefühlt hast? Du musstest miterleben, wie dein Sohn gekreuzigt wurde. Das war sicher hart für dich. Und selbst danach warst du immer noch nur die ›Mutter Gottes‹. Ich hoffe, du hast dich wenigstens selbst bei deinem eigenen Namen genannt, konntest auch mal faulenzen und Dinge nur für dich allein tun.«

Mein Blick fiel auf mein weißes Spiegelbild im Schaufenster. Ich sah mich an, streckte meinen gewölbten Bauch heraus und flüsterte fast unhörbar: »Glückwunsch.«

Zum Abschied winkte ich der Frau im Fenster kurz zu und machte mich auf den Weg zum Bahnhof. Ich streckte den Rücken, öffnete meine Schultern und ließ kalte Nachtluft in meine Lungen strömen. Die alten Gebäude, der Asphalt, die Luft – alles leuchtete wie helle Sternbilder.

Hinter einer Allee aus Weiden lag versteckt der Eingang zur U-Bahn. Kurz lauschte ich noch dem Lärm der Menschen und Autos, der gedämpft von der Hauptstraße zu mir herüberdrang, dann stieg ich die menschenleere Treppe hinab.

Zu Hause trank ich ein alkoholfreies Bier und machte mir eine Nudelsuppe, zu der ich die Reste vom Vortag aß – gekochte Rettichstreifen und gedünstetes Geflügel. Die Häppchen in der Kneipe hatten mir nicht gereicht. Nach dem Essen trug ich in die Schwangerschafts-App ein, was ich heute verzehrt und wie viel ich mich bewegt hatte. Sportliche Betätigung: Zwei Stationen zu Fuß gegangen.

Mein allererster Eintrag in der Blaulichtbibel.

ZWANZIGSTE WOCHE

Als ich bei meinen Eltern ankam, holte ich meine Reisetasche ins Haus und stellte sie auf die Schwelle im Eingangsbereich. Dann lockerte ich meinen Schal, der beinahe mein ganzes Gesicht bedeckt hatte, und sank vor Schreck fast zu Boden. Von der dunklen Treppe, die in den ersten Stock führte, blickten mich unzählige weiße Gesichter an. Meine Mutter, die eine Schürze trug, streckte ihren Kopf aus der Tür zur Küche.

»Pass auf beim Hochgehen. Ich lüfte die Puppen.«

Es handelte sich um die traditionellen Puppen, die meine Eltern früher zum Mädchen- und Knabenfest für mich und meinen Bruder aufgestellt hatten. Auf jeder Stufe saß eine von ihnen und starrte auf den eiskalten Flur hinab. Ich stieg die alte Treppe nah an der Wand hinauf, damit ich die Figuren nicht mit dem Saum meines Mantels umstieß. Ganz oben saßen die weißgesichtigen Puppen von Kaiser und Kaiserin, daneben die Mai-Puppe in ihrer Rüstung und die drei Hofdamen. Mein Fuß stieß an etwas und als ich mich umdrehte, sah ich, dass eine Reihe alter Herren, deren Namen ich nicht kannte, nun doch umgefallen war. Ich stellte sie eilig zurück.

Die Formation der Puppen setzte sich bis in den ersten

Stock fort, wo die fünf Hofmusiker willkürlich in das Bücherregel zwischen Bände über Hausmedizin und meine alte *Harry Potter*-Sammlung gequetscht worden waren. Geschlossenheit strahlte diese Band jedenfalls nicht aus. Kaum dass ich mein Gepäck abgestellt hatte, hörte ich auch schon meine Mutter von unten rufen. Ich ging erneut an der Puppenreihe vorbei. Jedes Jahr habt ihr so fleißig dafür gebetet, dass ich unter die Haube komme, und das alles für nichts, sprach ich sie innerlich an. Tut mir leid, aber so ist das eben. Wenn ihr euch das nächste Mal eine Familie aussucht, solltet ihr besser nicht nur auf die Wünsche der Eltern, sondern auch auf die des Kindes achten. Ein letztes Mal drehte ich mich zu den Puppen um, bekam aber weder Zustimmung noch Widerspruch.

Im Erdgeschoss war es eiskalt. Ich ging ins Wohnzimmer, wo ich meinen Vater erwartete, fand aber nur ein angefangenes Sudoku auf dem Sofatisch vor und einen fröhlich ins Leere plappernden Fernseher, den ich ausschaltete. Ich warf einen Blick ins angrenzende Gästezimmer, das den Anschein erweckte, als sei es lange nicht benutzt worden. Durch die Schiebetür trat ich dann wieder zurück auf den Flur, wo es so kalt war, dass mein Atem in weißen Wölkchen aufstieg. Am Ende des Gangs öffnete ich die Tür zur Küche und sofort schlug mir heißer Kochdunst und der würzige Duft von Sojasoße entgegen. Meine Mutter stand vor dem Gasherd und drehte sich zu mir um.

»Ich habe hier noch zu tun«, sagte sie. »Ich wollte nur sagen, wenn dein Vater aus dem Bad kommt, kannst du danach rein.«

Geschäftig hantierte sie mit langen Kochstäbchen. Ihre knochigen Hände wirkten weniger lebendig als die Karotten und Zuckerschoten, die sie damit anbriet.

Ich stibitzte einen der Kekse, die meine Eltern zum Ende des Jahres von Bekannten geschenkt bekommen hatten, zog mir die Kimonojacke meiner Mutter über und las das Lokalblatt, während ich darauf wartete, dass das Bad frei wurde. Eine Papierzeitung hatte ich schon lange nicht mehr in den Händen gehalten. Die Schrift schien seit dem letzten Mal eine Nummer größer geworden zu sein. Zwei Bewohnerinnen eines städtischen Altenheims hatten in der Nacht heimlich Reiskuchen gegessen und waren an der klebrigen Masse erstickt, las ich. Hätten sie sich nicht etwas anderes aussuchen können, fragte ich mich. Es war allgemein bekannt, dass jedes Jahr zu Silvester mehrere alte Menschen an dieser traditionellen Speise erstickten. Und das Unglück war sogar noch vor Silvester passiert. Gleichzeitig hatte ich auch ein wenig Verständnis. Ihnen musste die Zeit zwischen Weihnachten und Neujahr unerträglich trist vorgekommen sein. Die Jahre voranschreiten zu sehen, ohne eine Aufgabe im Leben zu haben, ohne sich auf etwas freuen zu können, fühlte sich vermutlich wie ein Traum ohne Erwachen an.

»Darf ich etwas von den eingelegten Tintenfischstreifen haben?«, fragte mein Vater, der aus dem Band zurückgekommen war.

»Nein, die sind für morgen, wenn alle beisammen sind. Außerdem hattest du nach dem Mittagessen schon Reiscracker. Du weißt doch, was der Arzt gesagt hat«, antwortete meine Mutter.

Ich sah den Rücken meines Vaters, der vor dem Kühlschrank stand und hartnäckig hineinstarrte, und machte mich auf den Weg ins Bad. Die Wanne war größer, weißer und sauberer und das Wasser stärker aufgeheizt als in meiner kleinen Wohnung in Tokyo. Auch hatte ich die Shampoos und Waschlotionen, die auf der Ablage standen, in den Drogeriemärkten in der Hauptstadt noch nie gesehen. Nach Herzenslust streckte ich mich aus. An der Seite des digitalen Bedienfeldes für das Bad erspähte ich dann doch ein wenig Schimmel.

»Überleg, was du mit den alten Comics und den Klamotten machen willst, die noch bei uns herumliegen. Morgen kommen dein Bruder und Satomi«, sagte meine Mutter, als wir in der Küche mit dem Abendessen begonnen hatten.

»Aber doch bestimmt erst nachmittags, oder?«, fragte ich, nahm mir Fleisch und Gemüse und schöpfte dabei Schaum von der Oberfläche des Eintopfes. Meine Eltern schienen das Schilfbeet aus bitterem Eiweißschaum, das sich am Rand des Topfes gebildet hatte, nicht zu bemerken.

Mein Vater zappte durch die Kanäle, da er die Band, die bei dem Gesangswettbewerb *Kohaku* spielte, nicht zu kennen schien. Doch die Alternativen waren wohl noch weniger nach seinem Geschmack, denn am Ende kehrte er zu *Kohaku* zurück, der Sendung, die heute an Silvester der Großteil der Bevölkerung verfolgte. Er schenkte sich Bier nach, vom Fleisch schien er genug zu haben. Meine Mutter hatte den Eintopf kaum angerührt. Das befremdlich laute Läuten unserer alten Standuhr erklang, als eine mir unbekannte Girlband zu singen anfing. Statt die Lautstärke herunterzudrehen, schaltete mein Vater versehentlich die zweite Tonspur ein, während nebenan die piepsende Melodie der Waschmaschine das Ende des Trockendurchgangs kundgab. Kurzzeitig verwandelte sich unser Abendessen zu dritt in eine kakophone Klanghölle.

Nachdem mein Vater mit Snacks und Getränken vor den Fernseher im Wohnzimmer übergesiedelt war, aß meine Mutter endlich auch etwas von dem Eintopf.

»Wie lange bist du schon in deiner jetzigen Wohnung?«, fragte sie.

»Fast sechs Jahre.«

Meine Mutter zerteilte den Tofu geschickt mit ihren Stäbchen, während sie mich ausfragte. Sie schüttete massenweise Soja-Zitrus-Soße über ihr Essen und öffnete einen Shochu Highball aus der Dose. »Möchtest du auch einen Schluck?«, fragte sie. »Nein, danke«, gab ich zurück. Seit letzter Woche hatte ich keinen Alkohol mehr angerührt.

»Wie läuft es in der Firma?«

»So wie immer.«

Meine Mutter lehnte sich vor, um nach den Kochstäbchen zu greifen. Ihre Kopfhaut sah unter der Küchenlampe unheimlich weiß aus und es kam mir vor, als wäre ihr Haar dünner geworden. Zum nächsten Geburtstag sollte ich ihr ein gutes Shampoo schenken, dachte ich. Ich reichte ihr die Stäbchen und drehte den elektrischen Heizofen unter dem Tisch voll auf.

»Du hast es wirklich gut getroffen. Dein Job ist sicher und du bekommst sogar einen Wohnungszuschuss. Bestimmt wechseln bei dir nicht viele die Firma, oder?«

»Stimmt. Die meisten bleiben.«

»Bei deinem großen Bruder ist das ganz anders, weißt du. Er und Satomi hatten mit Hiroto schon alle Hände voll zu tun und seit letztem Jahr haben sie auch noch Haruna. Natürlich freuen wir uns, jetzt eine Enkeltochter zu haben, aber leicht ist es für die Eltern nicht. Hast du die Puppen gesehen? Das sind eure alten. Ich lüfte sie, um sie deinem Bruder morgen für die Kinder mitzugeben.«

Ich fragte mich, ob er schon von seinem Glück wusste. Mir kam der hellblaue Kombi in den Sinn, mit dem mein Bruder und seine Frau jedes Jahr aus der benachbarten Präfektur angereist kamen. Mein Neffe Hiroto saß immer mit einem Berg Kuscheltiere auf dem Rücksitz, und wenn es Zeit war, sich zu verabschieden, winkte er, bis wir außer Sichtweite waren.

»Heutzutage haben doch die wenigsten etwas über, und ein Kind großzuziehen kostet viel Zeit und Geld. Aber wenn man ein Kind haben will, dann besser früher als später«, fuhr meine Mutter fort.

Und Schwangerschaft ist auch kein Zuckerschlecken, dachte ich und nickte.

Meine Mutter beendete ihr Essen und lenkte das Thema auf den Hula-Tanzkurs, den sie im Bürgerzentrum besuchte. »Sieh mal«, sagte sie, legte ihr Besteck nieder und tanzte mir etwas vor. Sie war überraschend gut. Eine Frau aus dem Kurs habe ihr einen Schwarzwurzeltee empfohlen, erzählte sie mir. Demnächst würde sie mir welchen nach Tokyo schicken, denn er schmecke köstlich.

Als die Melodie erklang, die das Ende von *Kohaku* ankündigte, holte meine Mutter Eis aus der Truhe. Häagen-Dazs. Seit ich allein wohnte, hatte ich das kaum mehr gegessen.

»Kalt und süß«, schwärmte meine Mutter, während sie sich aus meinem Becher bediente. Ein ganzes schaffe sie nicht, meinte sie. Immer wenn sie den Peter-Rabbit-Löffel ableckte, blieb ein dünner Streifen pinkfarbener Eiscreme an der Außenseite hängen, und wenn sie lachte, blitzte in ihrem Mund eine silberne Krone auf. Abrupt stand meine Mutter auf und holte eine Zeitschrift. Ich dachte schon, sie wolle sie jetzt lesen, aber sie zeigte mir bloß, dass eine meiner ehemaligen Mitschülerinnen aus der Grundschule darin abgebildet war. »Du weißt schon, die Hübsche aus deiner Klasse«, erklärte sie, aber ich konnte mich kaum erinnern. Eine Zeit lang redete meine Mutter über das Mädchen und ich sah mir die Bilder an, dann stand sie auf, räumte den Tisch ab, putzte sich die Zähne und verschwand im Schlafzimmer, ohne den Jahreswechsel abzuwarten.

Ich trank Tee aus einer Snoopy-Tasse und löffelte die Reste des Eises, das schon am Schmelzen war, aus dem Becher. In beheizten Räumen schmeckte Eis besonders süß. Peter Rabbit, Snoopy, Doraemon, Hello Kitty. Wie Geister bewohnten die Figuren aus unserer Kindheit weiter dieses Haus, das mein Bruder und ich längst verlassen hatten.

Als ich fertig war, wusch ich Löffel und Tasse ab, machte das Licht in der Küche aus und trat auf den Flur. Feuchte, kalte Luft zog von den alten Dielen hinauf und meine Schultern versteiften sich. Ich lief an der geschlossenen Wohnzimmertür vorbei und hörte gedämpft das Geräusch des Fernsehers. Falls mein Vater noch dort war, hatte er *Kohaku* doch bis zum bitteren Ende verfolgt.

Mein ehemaliges Zimmer war zur Nähkammer meiner Mutter umfunktioniert worden und ich schlief stattdessen in dem Raum, wo normalerweise die Wäsche zum Trocknen hing. Während ich meinen nach Mottenkugeln riechenden Gästefuton ausbreitete, hörte ich aus einiger Entfernung Jubelrufe, die schnell wieder verstummten. Ein Blick auf mein Handy verriet mir, dass das neue Jahr angebrochen war.

»Frohes neues Jahr«, sagte ich laut.

Sechster Monat: Es empfiehlt sich, das Baby regelmäßig anzusprechen.

EINUNDZWANZIGSTE WOCHE

Ich war vierunddreißig Jahre alt und dementsprechend viele Jahreswechsel hatte ich bereits hinter mir, doch von keinem einzigen Jahr war mir der Anfang richtig im Gedächtnis geblieben. Wieder und wieder bohrte sich die Schul- oder Arbeitstasche nach den Winterferien tief in meine Schultern, ich war spät dran und musste rennen, doch auf dem Weg ging mir die Luft aus und mir wurde heiß und kalt zugleich. Ich sah schwarze und graue Mäntel in den Eingängen zur U-Bahn verschwinden und dachte noch, wie sehr mir das alles widerstrebte, als ich auch schon Teil des Stroms war. Solche Eindrücke und Erinnerungen verdichteten sich zu einem grauen Nebel, der sich über meine Sicht legte, bis ich plötzlich aufschreckte und bemerkte, dass Neujahr schon lange wieder vorbei war.

Aber vielleicht, dachte ich, würde ich mich an dieses Jahr erinnern können, und zwar in etwas anderen Farben.

»Frau Shibata, wissen Sie es inzwischen schon?«

Das Büro war am Nachmittag nur dünn besetzt und Herr Higashinakano sprach im Flüsterton. Er klang wie ein schüchterner Grundschüler, der eine Mitschülerin fragt, ob sie in jemanden verliebt sei.

»Was soll ich wissen?«

»Na ... das Geschlecht.«

Das hatte ich ganz vergessen. Aber er hatte recht, wir hatten uns darüber unterhalten. Mein Blick fiel auf die großen Haarbüschel, die wie Unkraut aus Herrn Higashinakanos Ohren wucherten. Ich sah zum Fenster. Es war weiß beschlagen.

»Ach ja«, meinte ich.

»Wenn Sie nicht wollen, müssen Sie es mir natürlich nicht sagen, aber ... nun ja, falls es Ihnen nichts ausmacht ...«

»Es wird ein Junge.«

Furchen bildeten sich in Herrn Higashinakanos Augenwinkeln.

»Ich wusste es!«, rief er euphorisch aus. »Es wird wirklich ein Junge? Ich hatte es im Gefühl! Wie schön für Sie! Natürlich wäre beides schön gewesen, aber trotzdem.«

Sein Gesicht war vom Grinsen ganz zerknittert und seine Stimme hallte so schrill durchs Büro, dass sich einige Kollegen nach uns umdrehten. Mein Rücken wurde heiß. Ich stand auf, öffnete das beschlagene Fenster und sah nach draußen, wo alles die kühlen Farben des Winters angenommen hatte.

»Ein Junge«, wiederholte ich und das Zittern meiner Stimme bohrte sich tief in die kristallklare Luft.

Während der Feiertage war mein Bauch wieder runder geworden, was sicherlich zu einem großen Teil an den Reiscrackern lag, die ich bei meinen Eltern ununterbrochen in mich hineingeschlungen hatte. Meine Mutter hatte die

Cracker aus dem Laden in der Nähe das »Mundhöhlen-Peeling« getauft, weil man beim Essen einen wunden Mund bekam. Ich fühlte mich mehr als nur aufgebläht. Es war, als hätte sich etwas Großes in mir eingenistet, das von innen auf meinen Bauch drückte. Zurück in meiner Wohnung in Tokyo hatte ich probehalber denselben Schal wie zuvor unter meine Kleidung gestopft und der Effekt war imposanter denn je gewesen.

Mit meinen allabendlichen Spaziergängen würde ich diese Gewichtszunahme nicht mehr ausgleichen können, also hatte ich mich an meinem letzten freien Tag auf den Weg zu einem Fitnessstudio gemacht, das sich im oberen Stockwerk eines Gebäudes in Fußnähe zu meiner Wohnung befand. »Herzlichen Glückwunsch«, hatte mich die schlaksige Frau an der Rezeption begrüßt, bevor ich auch nur ein Wort sagen konnte. Sie hatte mich sofort für eine Schwangere gehalten und mir Infomaterial zu einem Yogakurs für werdende Mütter mitgegeben, das ich mir zu Hause ansah. Dabei fand ich heraus, dass ich auf die Mitgliedschaft in dieser Studiokette einen Firmenrabatt bekommen konnte.

An meinem zweiten Arbeitstag nach den Feiertagen lag auf meinem Tisch, als ich von der Toilette zurückkam, ein Stapel Neujahrskarten. Mir entfuhr ein Seufzer. Natürlich. Jedes Jahr überließ man es mir, die Grußkarten zu verteilen und auf die, die an die ganze Abteilung gerichtet waren, persönlich zu antworten.

Verärgert über die zusätzliche Arbeit, die ich wirklich nicht gebrauchen konnte, steckte ich die Karten fürs Erste in die Tasche meines Kleides und, siehe da, am späten Nachmittag waren sie verschwunden. Wahrscheinlich hatte ich sie irgendwo fallen gelassen, dachte ich, und suchte das Büro ab, als ich Herrn Tanakas genervte Stimme vernahm. Wenig später sah ich ihn, wie er mit den Karten die Runde machte. Glück gehabt!

Am Freitagnachmittag fuhr ich von einem Auswärtstermin direkt nach Hause, sogar noch früher als sonst. Der Regen, der seit dem Morgen gefallen war, hatte nachgelassen, und während ich auf die Bahn wartete und meinen Taschenschirm zusammenfaltete, breitete sich vor mir ein Himmel in der Farbe von Aurorasoße aus.

An dieser Station war ich wenige Stunden zuvor das erste Mal in meinem Leben ausgestiegen. Der neue Bahnsteig war jetzt fast leer. Außer den gelegentlichen Durchsagen hörte ich nur die Stimme einer älteren Frau, die mit einem Mann im Rollstuhl sprach. Er starrte abwesend in den Himmel und reagierte nicht, was die Frau aber offensichtlich nicht störte, denn sie redete unbeirrt weiter. Während ich die beiden beobachtete, fragte ich mich, ob ich jemals wieder hierherkommen würde. Die Bahn fuhr ein und durch die Lautsprecher ertönte eine theatralische Melodie wie aus einem Videospiel, in dem die Hauptfigur zu einem Abenteuer aufbricht.

Eine Teenagerin machte für mich den Platz frei und ich setzte mich dankend hin. Das Mädchen hatte sehr kurze Haare und unter ihrer Outdoorjacke sah ich den Kragen einer Matrosen-Schuluniform hervorscheinen. Ihr Faltenrock hatte die von den Schulen vorgeschriebene Knielänge. Als sie aufstand, schulterte sie den Rucksack, der zwischen ihren Beinen gestanden hatte, und strich dem Mädchen auf dem Nebenplatz eine Strähne aus der Stirn.

»Willst du einen Lebertrandrops?«, fragte die Stehende.

»Einen Lebertrandrops?«, entgegnete die Sitzende.

»Das ist so ein Zwischending aus Bonbon und Weingummi. Ziemlich sauer. Hast du die früher im Kindergarten nichtἱauch bekommen?«

»Doch, habe ich, aber warum hast du so etwas dabei?«

Das Mädchen neben mir trug einen rosa Schal, und als sie zu ihrer Freundin aufsah, war ich von ihren ellenlangen Wimpern fasziniert.

»Streck die Hand aus.«

Etwas wanderte von einer blassen Hand in die nächste. Es war helllila und wirkte sehr leicht. Das sitzende Mädchen blickte auf ihre Handfläche. Ein gefaltetes Tier lag darin. Es war weder ein Hund noch ein Bär.

»Ein Dachs«, sagte die Stehende und zog einen Stapel Origami-Papier aus ihrem Rucksack hervor. »Ziemlich cool, oder?«

»Geht so. Andere Tiere sind niedlicher. Und was ist jetzt mit den Lebertrandrops?«

»Mein kleiner Bruder hat gestern Origami-Papier aus der Schule mitgebracht. Er braucht es nicht. Lass uns doch etwas falten.«

»Ach, ich weiß nicht. Und was ist mit den Lebertrandrops?«

»Ist wirklich total einfach.«

Die Stehende legte der Sitzenden ein orangefarbenes quadratisches Stück Papier in den Schoß, nahm sich selbst ein dunkelgrünes und fing an zu erklären. »Zuerst faltest du ein großes Dreieck.« Ich faltete im Geiste mit: Ein großes Dreieck.

»Langsamer, sonst komme ich nicht mit«, sagte das sitzende Mädchen. »Und …«

»Und was?«

»Gestern habe ich eine Heuschrecke gegessen«, bemerkte die Sitzende.

Sorgfältig falteten sie ihre Dreiecke und nach und nach nahmen zwei Dachse Gestalt an.

Wir fuhren über einen großen Fluss. Kurz wurden die scheinbar endlosen Häuserreihen unterbrochen, nur um von neuen abgelöst zu werden. Mildes Sonnenlicht flutete das Abteil, zu hell noch, um von Abend zu sprechen. Auf einmal merkte ich, dass ich gar nicht genau wusste, wo ich umsteigen musste.

DREIUNDZWANZIGSTE WOCHE

Am Dienstag meiner dreiundzwanzigsten Schwangerschaftswoche wollte ich ein Rundschreiben auf Herrn Higashinakanos Tisch legen, während dieser unterwegs war, und entdeckte dabei eine Notiz, die aus einem seiner Hefte ragte.
Ein Klebezettel mit der Aufschrift »Frau Shibata« war daran geheftet. Ohne nachzudenken, griff ich nach dem Stück
Papier.

An meinem Platz faltete ich es auf. Es war eine herausge-
rissene Seite aus einem Notizblock, die unheimlich oft gefaltet worden sein musste, denn sie fühlte sich wie gegerbtes
Leder an. Ganz oben war mit Bleistift mein Name, »Shibata«, hingeschmiert worden. Darunter reihten sich in kleiner,
dünner Schrift wie eine Ameisenkolonie Jungennamen auf.
Neben den Schriftzeichen standen Zahlen, wahrscheinlich
die Strichzahl, und einige der Namen waren rot umkringelt.

Seit ich behauptet hatte, ich bekäme einen Jungen, fragte
mich Herr Higashinakano alle drei Tage, ob ich schon einen
Namen hätte. Mal antwortete ich, ich sei mir noch nicht
sicher, mal sagte ich, ich wolle es entscheiden, nachdem
ich das Kind gesehen hätte, woraufhin er protestierte, dafür
hätte ich nach der Geburt keine Zeit.

95

Ich legte die Notiz an ihren Platz zurück und schwor mir, Herrn Higashinakano um jeden Preis zuvorzukommen und irgendeinen halbwegs passablen Namen für meinen Sohn zu finden. Gleich in der Mittagspause ging ich in einen Buchladen in der Nähe der Firma und schlug eine Zeitschrift für werdende Mütter auf.

Ich erfuhr, dass bei der Namenwahl die verschiedensten Aspekte eine Rolle spielten. Natürlich waren Klang und Bedeutung wichtig, es gab aber auch Eltern, die auf eine besonders glückverheißende Strichzahl achteten, und welche, die den Namen des Kindes mit dem ihrer eigenen Eltern oder der Jahreszeit, in der es geboren wurde, in Verbindung setzten. Einige Aussagen in der Zeitschrift fand ich ziemlich fragwürdig. Zum Klang hieß es beispielsweise: »Namen, die mit E beginnen, wirken elegant, solche, die mit F beginnen, deuten auf einen fröhlichen Charakter hin.« Zur Wahl der Schriftzeichen wurde behauptet: »Schriftzeichen, die das Jahr oder die Jahreszeit der Geburt widerspiegeln, liegen stark im Trend.« Ich war in meinem Leben schon unzähligen Miesepetern mit F-Namen begegnet und auch die Idee mit der Jahreszeit, selbst wenn sie gut klang, hatte einen Haken. Mein großer Bruder war am »Tag des Meeres« geboren worden und hatte daraufhin den Namen Kaito – Mensch des Meeres bekommen. Leider hat er nie richtig schwimmen gelernt und den Sommer immer gehasst. Außerdem war ihm in der Schule der Spitzname »Fischer« verpasst worden, was ihm ebenfalls stark missfallen hatte.

»Setzen Sie sich mit Ihrem Partner zusammen und schreiben Sie auf, was für ein Mensch Ihr Kind werden soll«, las ich weiter. Auf der Seite war die Zeichnung einer Frau mit rundem Bauch abgebildet, die auf einem Sofa saß und sehr glücklich aussah. »Ich wünsche mir, dass mein Sohn rücksichtsvoll wird«, hieß es in einer Sprechblase. »Ich wünsche mir, dass mein Kind stark und ehrgeizig wird«, erwiderte der Mann neben ihr, vermutlich der Vater, zu dessen Füßen eine schlafende Katze lag.

Da ich weder Mann noch Katze hatte und die Zeit drängte, musste ich mir wohl oder übel hier im Gang des Buchladens allein überlegen, was für ein Kind ich mir wünschte, falls ich mal eines bekommen sollte. Nach mehreren Minuten des Nachdenkens war ich immer noch nicht schlauer. Ich war mir nicht einmal sicher, ob ich einem Menschen mit eigener Persönlichkeit überhaupt meine Wünsche aufzwingen durfte. Es half auch nicht, mir über den Bauch zu streichen, denn ich spürte bloß das weiche Handtuch, das heute hatte herhalten müssen.

Aber wenn ich auch nicht sagen konnte, wie mein Kind werden sollte, wusste ich doch ziemlich genau, wie es nicht werden sollte: Phantasielos, wichtigtuerisch, plump. Nicht zuhören zu können war eine Eigenschaft, die ich an Menschen verabscheute, aber anderen alles von den Lippen ablesen zu wollen machte einem das Leben auch nur schwer. Es sollte keine extrem nachlässige Handschrift haben, selbst wenn heutzutage fast alles am PC geschrieben wurde, und wenn möglich sollte es nicht meine Augen mit der einfachen Lidfalte erben.

Ich legte die Zeitschrift zurück, zog mein Notizbuch hervor und zeichnete ein Gesicht. Große, wache Augen wären schön, aber melancholische Kulleraugen hätten auch etwas. Zu markant sollten die Gesichtszüge nicht sein, die Lippen eher dünn und eine genau richtig große Nase müsste es haben. Kurze, schön geschwungene Augenbrauen. Unter die Nase setzte ich zum Abschluss noch ein Muttermal. Gar nicht schlecht.

Und die Stimme? Jemand mit so einem Gesicht hätte bestimmt keine besonders dunkle Stimme. Mein Kind würde nicht zu schnell sprechen, eher ruhig und langsam, dabei aber geistreich. Außerdem würde es niemanden aufgrund seines Geschlechts, Alters oder seiner Herkunft diskriminieren. Es würde niemanden anschreien, wäre feinfühlig genug, um anderen zuzuhören, hätte aber ausreichend Selbstbewusstsein, um nie unterwürfig zu werden. Aufgeschlossen wäre es, gleichzeitig stünde es der Welt in gesundem Maß kritisch gegenüber. Neben dem Gesicht notierte ich diese Persönlichkeitsmerkmale und überlegte, wie viele Menschen wohl schon ein solches fiktives Kind erschaffen hatten. Dann fragte ich mich, wo diese Phantasiekinder jetzt waren und wie es ihnen dort ging. Hoffentlich gut.

Ich lief zurück ins Büro und stieg in den Fahrstuhl, der voll mit Kollegen war, die vom Mittagessen kamen. Als ich an meinen Platz zurückkehrte, hatte Herr Higashinakano gerade sein Essen beendet und wickelte seine Lunchbox in das übliche Halstuch ein. Am Rand seines Tisches lag die Seite aus dem Notizbuch. Vielleicht hatte er sich während der

Mittagspause neue Gedanken gemacht. Ich tat so, als ob ich sie nicht bemerkte.

»Ich habe einen Namen«, verkündete ich. »Mein Sohn soll Sorato Shibata heißen. »Sora« für »leer« und »to« für Mensch. Ein leerer Mensch also.«

Herr Higashinakano wiederholte den Namen mehrmals im Flüsterton und schrieb die Schriftzeichen mit dem Zeigefinger in die Luft. Dann nickte er mit einem zufriedenen Lächeln.

»Sorato. Ja, ein sehr schöner Name!«

VIERUNDZWANZIGSTE WOCHE

Der Januar neigte sich dem Ende, und da mein Bauch jetzt noch praller war, kam ich oft ins Straucheln. Meine Körpermitte hatte sich an einen mir unbekannten Ort verschoben, sodass ich beim Gehen ständig das Gefühl bekam, gleich hintenüber zu kippen. Das geschah, wenn ich die Treppen zur Bahnstation hinabstieg oder auch nur auf meinen Balkon trat. Vor meinem inneren Auge sah ich mich schon ausgestreckt auf dem Boden liegen, schaffte es aber doch jedes Mal, auf den Beinen zu bleiben, die Arme fest um den Bauch geschlungen.

Dank der Schwangerschafts-App wusste ich, dass das nicht ungewöhnlich war. Sobald der Bauch größer wurde, musste man aufpassen, nicht hinzufallen. Außerdem sollte ich nun noch stärker auf mein Gewicht achten. Ich entschied mich daher für die Mitgliedschaft in besagtem Fitnessstudio. Yoga hatte mich schon länger interessiert und der Firmenrabatt bestärkte mich in meinem Beschluss.

Doch als ich an diesem Sonntag der schlaksigen Frau meinen Rabattcoupon zeigte, verdüsterte sich ihre Miene. Leider sei das Schwangerschaftsyoga vom Rabatt ausgenommen, da der Kurs unheimlich beliebt sei, erklärte sie mir.

Entweder ich trüge die Kosten selbst oder – sie zog einen Flyer aus einer Schublade – ich könne stattdessen auch diesen Kurs belegen, bei dem der Rabatt anwendbar sei.

»Aerobic?«, fragte ich.

In meiner Grundschulzeit hatte ich meine Mutter manchmal Aerobic machen sehen, wenn ich von der Schule nach Hause kam. Sie hatte abnehmen wollen, ohne es meinem Vater zu sagen, und sich dafür ein Aerobicvideo gekauft. Während ich die süßen Brötchen und Kekse, die meine Mutter gebacken hatte, in mich hineinstopfte, sah ich ihr dabei zu, wie sie, immer etwas verspätet, mit dem Hintern zu der Musik wackelte. Irgendwann hatte ich sie nicht mehr tanzen sehen. Vielleicht hatte sie aufgehört oder ich war einfach später nach Hause gekommen und hatte es verpasst.

»Ganz genau. Der Kurs heißt Maternitybics und ist sehr beliebt bei Schwangeren, weil er sich unheimlich gut zum Abnehmen eignet. Sie können ab der dreizehnten Schwangerschaftswoche daran teilnehmen.«

»Auch als Anfängerin?«

»Aber natürlich. Es ist ja Aerobic für Schwangere. Das haben die wenigsten schon mal gemacht. Alle fangen bei null an, keine Sorge. Gleich beginnt ein Kurs, Sie könnten sofort mitmachen.«

Also füllte ich das Anmeldeformular aus, wonach mir die Frau einen Umschlag mit allen Unterlagen reichte, auf dem das Motto des Kurses prangte: »Happy music, no stress! Easy birth, oh yes! Maternitybics für jedefrau.«

Ich hatte das Gefühl, auf ein Dorffest zum Frühlingsbeginn gestolpert zu sein. Hinter der Tür zum Aerobickurs empfing mich eine wahrhaft bunte Ansammlung schwangerer Frauen in knallig roten, orangefarbenen und grünen T-Shirts, hier und da auch nur in einem Sport-BH. »Da kommt ja noch eine!«, rief jemand im hinteren Teil des Raumes. »Immer hereinspaziert!«

Seit ich schwanger war, achtete ich ganz automatisch auf andere Schwangere in der Bahn oder in Geschäften. So viele auf einen Haufen hatte ich aber noch nie gesehen. Die Frauen lachten gelöst, beschwerten sich lautstark und wirkten, als sei eine Last von ihnen abgefallen. So musste es sein, wenn man einsame Eisbärinnen aus ihren beengten Zookäfigen zurück in die Wildnis schickte, dachte ich.

Nur ich und eine beleibte Frau, die allein auf einer Matte saß, sprachen mit niemandem. Die Frau hatte ihr widerspenstiges Haar zu einem Zopf geflochten, der ihr wie ein großes Drahtnetz in den Nacken hing. Zu einer unmodischen Brille mit dicken Gläsern trug sie ein neonblaues T-Shirt, das sich über ihrem kugelrunden Bauch spannte.

Da drinnen befand sich ein Baby. Bei diesem Gedanken musste ich schlucken. Ich ließ den Blick durch den Raum schweifen und sah gewölbte Bäuche in den verschiedensten Größen. Lauter schutzlose Kinder unter buntem Stoff und weicher Haut. Ich streichelte sacht über meinen eigenen Bauch. Durch den Ärmel meines T-Shirts spürte ich einen kühlen Luftzug. Heute hatte ich darauf verzichtet, mir etwas unter die Kleidung zu stopfen.

Kurz bevor es losging, kam eine Frau im Arztkittel herein,

um der Reihe nach unseren Blutdruck und unser Gewicht zu messen. Während die Frauen warteten, plapperten sie munter weiter. Als ich an der Reihe war, gab ich schweigend den Zettel ab, den ich eben erst an der Rezeption erhalten hatte. »Heute Ihr erstes Mal?«, fragte die Frau im Arztkittel und lächelte mich an. Ihr Haar war von grauen Strähnen durchzogen und der sehr kurze, knabenhafte Schnitt stand ihr gut. Schnell trug sie meine Daten in das Formular ein und klopfte mir freundschaftlich auf die Schulter.

»Für die vierundzwanzigste Woche sind Sie noch ein wenig dünn, aber keine Sorge. Ich sehe täglich Schwangere und habe ein gutes Auge entwickelt. Sie werden eine leichte Geburt haben, das erkennt man an Ihrer Statur und dem kräftigen Becken. Wenn Sie genug essen, schlafen und Aerobic machen, halten Sie bald ein kerngesundes Kind in den Armen.«

Was folgte, hatte es in sich. Das muss ein böser Scherz sein, dachte ich. Wie sollte ein Mensch, noch dazu ein schwangerer, sich so bewegen?

Die Aufwärmübungen am Anfang gingen noch. »Oh, das tut guuut« und »auauau« hatten die Teilnehmerinnen genüsslich ausgerufen. Auf eine solch friedliche Atmosphäre hatte ich mich eingestellt. »Kurze Trinkpause!«, verkündete die Trainerin, als wir uns alle warm gemacht hatten. Ab diesem Zeitpunkt wurden die Frauen schlagartig stiller, und als die Kursleiterin mit den Händen den Takt vorklatschte und die Choreographie begann, wichen alle überflüssigen Geräusche aus dem Studio. Es war, wie wenn man langsam

Luft aus einem Kleiderbeutel presste. Sobald die Musik anging und ein dumpfer Bass in voller Lautstärke den Rhythmus vorgab, begriff ich es endlich. Hier regierte einzig und allein der Beat. Neonscheinwerfer an der Decke wurden angeknipst, eine Discokugel begann sich zu drehen und das Studio zeigte mir, was es wirklich war – ein Klub.

Kompromissloses Wummern ließ meine Eingeweide vibrieren. Die Melodie wurde schneller und die Trainerin klatschte erneut in die Hände. Waren die »Steps« anfangs noch machbar gewesen, so verwandelten sie sich jetzt in eine Endlosschleife aus Kniebeugen, die von noch wilderen Schritten abgelöst wurden und langsam, aber sicher auf einen dynamischen Tanz zutrieben. Wortlos – zum Reden hatte keine von uns mehr Kraft – bewegten wir unsere Beine, Arme und Hälse. »Runter! Hoch! Hoch! Höher!« Bis eben hatte die Trainerin noch in T-Shirt und Leggins vor uns gestanden, jetzt war sie halbnackt. »Wenn es euch zu hart ist, macht eine Pause!«, rief sie uns zu, aber sobald eine der Frauen schwächelte, legte sie ihr lächelnd eine Hand auf die Schulter. »Du hältst durch, oder?«, hieß es dann. So dicke Adern wie an ihren dünnen Armen hatte ich noch nie gesehen.

In der Spiegelwand sah ich die rundbäuchigen Frauen mit verbissenen Mienen immer weitertanzen. Der Boden des Studios bebte unter permanent schneller werdenden Schritten. Kein Wunder, dachte ich, hier tanzen doppelt so viele Menschen, wie man mit bloßem Auge sehen kann. Schweißperlen flogen im Licht der Discokugel wie glitzernde Diamanten zu Boden. Ab der Mitte der Choreographie fingen meine Knie an zu schlottern, doch solange die Musik spielte, durfte ich die Einheit der Gruppe nicht zerstören. Die Stimme der Trainerin dröhnte durch den Raum: »Okay! One, two, three! Gut! One – more – time!«

Alle tanzten wie verrückt, wobei die beleibte Frau mit dem drahtigen Zopf und dem neonblauen T-Shirt ganz besonders auffiel. Während die meisten ausdruckslos und leicht verzweifelt der Kursleiterin hinterherhechelten, stieß sie laute Tierschreie aus, schlenkerte mit ihren Brüsten wie mit einem Netz Orangen und streckte sie wieder und wieder in einer sinnlichen Pose nach vorn. Ihre hemmungslosen Bewegungen erinnerten an ein Fruchtbarkeitsritual. Sie schraubte die Energie im Studio damit weiter in die Höhe und ließ uns noch schneller werden.

Hitze füllte meine Lungen, und meine Arme und Beine waren kurz vorm Zerreißen, als die flotte Melodie abrupt ruhiger Harfenmusik wich. Unsere Schritte wurden langsamer, die Discokugel hielt an, waldgrünes Licht flutete den Raum und plötzlich war der Boden des Studios mit schnaufenden Schwangeren übersät.

»Vielen Dank und passen Sie auf sich auf!«, rief mir die Frau an der Rezeption nach, als ich das Fitnessstudio verließ. Auf meinem Nachhauseweg sah ich vor mir die Frau mit dem neonblauen T-Shirt, die in Richtung des Bahnhofs unterwegs zu sein schien. Ihr drahtiger Zopf wippte beim Gehen hin und her.

Es war ein kühler Sonntagabend und es dämmerte bereits,

doch wenn ich die Augen schloss, spürte ich hinter den Lidern noch das Glühen. Etwas Warmes regte sich in meinem Körper.

An der Ampel zog ich mein Handy hervor und öffnete die Schwangerschafts-App, um meinen Eintrag für heute zu machen. Sportliche Betätigung: Fünfzig Minuten Maternitybics.

SECHSUNDZWANZIGSTE WOCHE

Es fanden an allen Wochentagen Aerobickurse statt, wobei sich die Gruppen jedes Mal voneinander unterschieden. Da ich mit meiner Mitgliedschaft an so vielen Stunden teilnehmen durfte, wie ich wollte, ging ich ab und zu auch an Werktagen nach der Arbeit hin. Ich musste nur pünktlich das Büro verlassen, um rechtzeitig dort zu sein. In der letzten Woche war ich zusätzlich zu meinem Sonntagskurs noch am Dienstag und Donnerstag beim Aerobic gewesen, in dieser sogar auch schon dreimal. Nach knapp drei Wochen machte sich der Sport bereits bemerkbar. Wenn ich mich nach dem Baden im Spiegel betrachtete, sahen meine Hüften und Oberschenkel bereits straffer aus. Mein Rumpf fühlte sich stärker an und ich stolperte nicht mehr so oft. Nur der Bauch wurde immer größer und manchmal spürte ich Schmerzen im Kreuz, aber nur ganz leichte. Insgesamt ging es mir körperlich bestens.

An Tagen ohne Aerobic schaute ich nun regelmäßig Filme. Vorvorletzte Woche hatte ich mir einen Amazon-Prime-Account zugelegt, denn wer wusste schon, wann ich das nächste Mal so viel freie Zeit haben würde. Mit Netflix hatte ich auch geliebäugelt, aber bei Amazon gab es mehr ältere

Filme, die ich mir bei dieser Gelegenheit ansehen wollte. Letzte Woche waren es *Midnight in Paris* und *Einer flog über das Kuckucksnest* gewesen, diese Woche *Pulp Fiction*, *Blue* und *Cinema Paradiso*. Mal brauchte ich für einen Film drei, vier Tage, mal nur einen und zuweilen schaute ich mir gleich zwei am Stück an.

Heute war wieder Aerobic an der Reihe und ich musste mich langsam auf den Weg machen. Ich zog die Sporttasche unter meinem Bürotisch hervor und spürte Herrn Higashinakanos Augen im Nacken. Mit einem Stapel Kopierpapier in den Händen schlich er verstohlen hinter mir herum, murmelte pausenlos »Hmm« und »Ach« und raschelte mit den Blättern. Da er keine Anstalten machte aufzuhören, drehte ich mich zu ihm um. Mit strahlendem Lächeln deutete er auf meine Tasche.

»Was ist denn da drin? In letzter Zeit sehe ich Sie oft mit dieser Tasche.«

Widerwillig erzählte ich ihm von dem Aerobickurs. »Ach was, Aerobic?«, rief er laut aus. Ich blickte besorgt in die Richtung des Abteilungsleiters und zu Herrn Tanaka, aus Angst, sie würden es missbilligen, dass ich für so etwas frühzeitig ging, doch sie beachteten uns nicht. Zum Glück war es ein hektischer später Nachmittag.

»Das ist bestimmt ziemlich anstrengend.«

»Ziemlich anstrengend ist eine starke Untertreibung.«

»Aber es macht Ihnen Spaß.«

»Und woher wollen Sie das wissen?«

»Na, sicher macht es Ihnen Spaß, oder? Es ist ja eine Vorbereitung auf den kleinen Sorato. Wie könnte das keine Freude bereiten.«

Sorato. Jemanden diesen Namen sagen zu hören, machte mich sprachlos. Ich fühlte mich, als ob man mich während eines Nickerchens von meinem kleinen Sofa weggeholt, an den Rand einer Hauptstraße gestellt und dort vergessen hätte. Schutzlos und allein. Gleichzeitig schien mir jetzt, da ich schon so weit gegangen war, alles offenzustehen. Wenn ich wollte, könnte ich im Schlafanzug zum Flughafen trampen und von dort in ein fernes unbekanntes Land aufbrechen.

Ich musste an meine Reise in die Türkei vor sechs Jahren denken. Es hätte damals jedes Land werden können. Mir war nur zufällig ein Bild trockener weißer Erde eingefallen, das ich irgendwann in einem Film gesehen hatte, und ohne lange zu überlegen, hatte ich den Flug gebucht.

In der Stadt, die ich mir ausgesucht hatte, erklang immer Musik, selbst wenn keine Lieder gespielt wurden. Dem Kindergetrappel auf dem Asphalt und den Gesprächen und Rufen der Händler auf dem Markt wohnte ein Rhythmus inne, der vom Duft sinnlicher Gewürze und gebratenen Fleisches angereichert war. Vor meiner Abreise hatte ich mir keine Gedanken darüber gemacht, wie sicher das Land war und ob ich mich verständigen können würde, doch das war auch nicht nötig gewesen. Sobald ich den Rhythmus verstanden hatte, war alles ganz leicht. Ich lief in meinen eingelaufenen Sportschuhen durch die Straßen, blickte zu den Decken prunkvoller Moscheen auf, stolzierte über den Großen Basar und wenn ich müde vom Gehen war, trank ich einen warmen, starken türkischen Tee. Obwohl ich kaum ein Wort verstand, kam es mir vor, als wüsste ich immer ungefähr, was gesagt wurde. Und dass beim Betreten von Häusern die Schuhe ausgezogen wurden, fühlte sich auf Anhieb vertraut an.

Am Tag vor meinem Rückflug spazierte ich nach dem Frühstück ein letztes Mal durch die Gegenden, die mir besonders gut gefielen, und kaufte am Nachmittag Mitbringsel.

Ich wanderte durch staubige Straßen, bis meine Schuhsohlen endgültig abgenutzt waren, und besorgte Süßigkeiten und Kleinigkeiten für meine Freundinnen. Den Laden mit den Kelims entdeckte ich, als ich eigentlich schon auf dem Weg zurück in mein Hotel war, um vor dem Abendessen noch kurz zu schlafen.

Das Gebäude lag versteckt in einer engen Gasse. Mit jedem Schritt darauf zu wurde die Luft um mich herum kühler und ich nahm einen immer stärker werdenden Parfümduft wahr. Die Augen verengt, spähte ich durch die Tür des Ladens und sah unendlich viele Teppiche, deren geometrische Muster sich im Dämmerlicht wie magische Kreise zu winden schienen. In der hintersten Ecke saß eine gebräunte Frau in schwarzer Kleidung und schrieb etwas. Sie hob den Blick, und ihre Augen sagten mir, dass ich eintreten durfte.

Drinnen wurde der Geruch noch intensiver und ich fragte mich, ob irgendwo Räucherstäbchen brannten. Während sich die Frau wieder dem Schreiben zuwandte, sah ich mir die Teppiche an der Wand an, einen nach dem anderen. Ich wusste nicht, ob ich sie berühren durfte, also beschränkte ich mich aufs Betrachten. Im Tageslicht würden die Muster gewiss in leuchtenden Farben erstrahlen, hier im Halbdunkel wirkten sie, als machten sie ein Päuschen oder heckten etwas aus.

Einer der Teppiche fiel mir besonders auf. Zuerst sah er einfach nur ziegelsteinrot aus, ohne auffällige Farben oder die typischen Formen, die man bei Kelims erwartete. Er war ausnehmend schlicht. Als ich mich aber vorbeugte und ganz genau hinsah, erkannte ich doch ein feines, an Schlingpflanzen erinnerndes Muster. An den Ranken tanzten Knospen in so vielen Farbabstufungen, als hätte jemand das Rot aller Blumen der Welt gesammelt, um damit auf diesem Teppich einen geheimen Garten zu weben. Gedankenverloren zeichnete ich die Pflanzen mit dem Finger nach. Ich wollte diesen Teppich mit nach Hause nehmen, ihn besitzen.

Ein Blick auf das Preisschild holte mich jedoch schnell in die Realität zurück. Im Kopf wandelte ich die türkische Lira in japanische Yen um und stellte fest, dass der Betrag mit Leichtigkeit die gesamten Kosten für das einfache Hotel, in dem ich untergekommen war, überstieg. Sich so etwas Teures auf den Boden zu legen, lag außerhalb meiner Vorstellungskraft.

Ich sollte besser gehen, dachte ich, und überlegte, ob ich der Frau zum Abschied etwas sagen sollte, als mein Handy in der Umhängetasche klingelte. Die lärmende Melodie kam mir in diesem ruhigen Laden fehl am Platze vor, also trat ich schnell auf die Straße, wo mir sofort wieder die Stimmen rufender Händlerinnen und der Duft von Essen entgegenschlugen.

»Hallo?«

Es war Yukino.

»Hey, tut mir leid, dass ich so plötzlich anrufe. Bist du schon zu Hause oder noch bei der Arbeit?«

»Ich habe mir gerade in der Türkei einen Teppich angesehen.«

»Was?«

Ich erzählte ihr von meiner Kündigung und dem Urlaub, während mir durch den Kopf ging, dass dieser Anruf wahrscheinlich ziemlich viel kostete. Vor der Abreise hatte ich mich nicht über die Preise für Ferngespräche erkundigt, da ich nicht damit gerechnet hatte, mit jemandem zu telefonieren.

»Und kaufst du den Teppich nun?«, fragte Yukino.

»Nein, er ist mir zu teuer«, entgegnete ich. »Es lohnt sich nicht, so viel Geld für die Einrichtung meiner kleinen Wohnung auszugeben, in der sowieso nur ich allein lebe.«

»Ach so.«

Einen Moment lang schwieg Yukino. Ich fragte mich, warum sie eigentlich angerufen hatte, zögerte bei dem Gedanken an die Gebühren aber, sie darauf anzusprechen. Ein Pärchen ging an mir vorbei, vermutlich Europäer. Sie aßen etwas, das wie ein Crêpe aussah, wahrscheinlich aber keiner war. Der Mann hatte weder Tasche noch Rucksack dabei und sein Portemonnaie ragte aus der Gesäßtasche. Ihn schien das nicht zu kümmern.

»Ich weiß ja nicht, wie teuer der Teppich ist«, setzte Yukino wieder an, »aber du solltest deine Wohnung so einrichten, wie du es möchtest. Ob du allein lebst oder mit jemandem zusammen, spielt dabei doch keine Rolle. Kauf dir, was dir gefällt, bevor du vergisst, was das überhaupt ist.«

Nachdem sie das gesagt hatte, fügte sie schnell hinzu, dass sie nicht wisse, wie viel dieses Gespräch koste, und ich ihr Bescheid geben solle, falls ich eine große Rechnung bekäme. Dann legte sie auf. Ich sah, wie die Frau ihrem Freund scherzhaft das Portemonnaie aus der Hosentasche zog und dieser so tat, als sei er entrüstet.

Noch einmal betrat ich das Teppichgeschäft. Obwohl ich nur wenige Minuten draußen gewesen war, fühlte es sich an, als hätte ich das Dämmerlicht und den Geruch der Räucherstäbchen, der mich nun wieder einhüllte, lange vermisst. Ich trug den ziegelsteinroten Kelim zu der Frau am Ladentisch. Sie legte ihren Stift nieder und sah zu mir auf. Erst jetzt erkannte ich, dass sie die ganze Zeit über gar nichts geschrieben hatte. Sie hatte gezeichnet. Am Rande des Rechnungsbuchs waren mit Kugelschreiber die Registrierkasse und das Schaf aus Porzellan daneben so präzise abgebildet, dass es an Magie grenzte.

Als die Frau den Preis für den Teppich in die Kasse eingab, war dieser um einiges niedriger als ausgezeichnet. Ich verglich die Zahlen mehrmals miteinander, aber da die Frau nichts sagte, gab ich ihr am Ende meine Kreditkarte. Das schien sie zu nerven, aber sie holte trotzdem sofort ein Kartenlesegerät unter der Kasse hervor. Ihre Ärmel rutschten ein wenig hoch und es kamen große, goldfarbene Armreifen zum Vorschein, die beim Bewegen ihrer Hände klimperten.

Bis zuletzt sagte die Frau kein Wort und auch ich schwieg. Als ich das Geschäft verlassen hatte und den Kelim schulterte, blickte ich mich ein letztes Mal um. Die Frau war schon wieder am Zeichnen.

Auf genau diesem Teppich saß ich noch immer jeden Abend, machte Dehnübungen oder sah mir Filme an. Mein heutiges Programm: *Der Pate*.

SIEBENUNDZWANZIGSTE WOCHE

»Nimmst du gar kein Hautöl? Das hier riecht wirklich gut. Ist von John Masters. Willst du?«, fragte mich eine meiner Maternitybics-Mitstreiterinnen aus dem Sonntagskurs.

Mehr als der Geruch des Öls beeindruckte mich die Wärme des braunen Fläschchens, das aus der Hand seiner Besitzerin in die meine gewandert war. Normalerweise mochte ich so etwas nicht: Von fremden Händen angewärmte Griffe in der U-Bahn oder Bürostühle, die noch die Hitze der Person ausstrahlten, die zuvor darauf gesessen hatte. Diesmal störte es mich aber nicht. Vielleicht war ich einfach nur gut drauf, weil die Umkleidekabine heute nach der Stunde so leer war.

»Stimmt, das riecht wirklich gut.«

»Sag ich doch. Ganz vermeiden kann man sie sowieso nicht, aber man sollte Schwangerschaftsstreifen, so gut es geht, vorbeugen.«

Nachdem ich ihr die Flasche zurückgegeben hatte, rieb sich die Frau mit ihren dünnen Armen geschickt den unfassbar prallen Bauch ein. Die Ölreste verteilte sie in ihrem Gesicht; einem schmalen Gesicht mit hellem Teint.

Ich hatte plötzlich das Gefühl, sie schon einmal außerhalb des Aerobickurses gesehen zu haben, konnte mich aber nicht daran erinnern, wo das gewesen war. Als ich mich fertig umgezogen hatte und meine Schuhe aus dem Schließfach holte, stand sie wieder neben mir. »Oh«, entfuhr es uns gleichzeitig. Wir hielten beide Converse-Schuhe aus weißem Leder in den Händen, exakt dasselbe Modell. Sie sah mich an.

»Kommst du noch mit in die Lounge? Da treffen sich immer einige nach dem Aerobickurs.«

»Die Lounge?«, fragte ich, obwohl ich genau wusste, wovon sie sprach. In dem Bereich vor der Fensterfront, den man von der Rezeption aus sehen konnte, war es immer voll mit Grüppchen von Menschen jeden Alters. Jedes Mal nach dem Sonntagskurs traf sich hier noch eine Handvoll der Teilnehmerinnen. Da es sich um eine feste Gruppe zu handeln schien, war mir bislang nie in den Sinn gekommen, mich dazuzugesellen.

»Hallo zusammen.«

»Hallöchen. Mensch Hosono, hast du schon wieder abgenommen?«

»Schön wär's. Ich habe inzwischen zehn Kilo mehr auf den Rippen als vor der Schwangerschaft.«

»Dann hast du ja noch Luft nach oben. Ich bin bei vierzehn.«

»Du, Löckchen! Kannst du mir mal mein Handy reichen?«

Die Schwangeren hatten ihr Lager zwischen einigen älteren Damen, die sich über die Vor- und Nachteile des Färbens grauer Haare unterhielten, und zwei Herren, die schweigend Zeitung lasen, aufgeschlagen. Um zwei aneinandergestellte weiße Plastiktische, wie man sie von Imbissständen kannte, saßen fünf Frauen aus unserem Kurs, von denen ich nicht einmal wusste, wie sie hießen, obwohl wir nun schon so lange gemeinsam Aerobic machten. In der Mitte der Tische standen Süßigkeiten und Tetrapacks mit Getränken. Als ich mich mit der Frau mit den Converse, die Hosono genannt wurde, dem Tisch näherte, wurde sofort Platz gemacht.

»Wer hat die denn mitgebracht? Die sehen aber lecker aus.« Hosono zeigte auf eine Tüte mit Gebäckstücken.

»Die sind von mir«, antwortete eine der Frauen. »In letzter Zeit bin ich öfters in einer Bäckerei bei mir um die Ecke, die gutes Toastbrot verkauft. Dann nehme ich immer noch ein paar süße Teilchen mit. Das hier sind Mini-Donuts, gefüllt mit süßem Bohnenmus.« Sie steckte sich einen Donut in den Mund. »Nimm dir gern davon!«, fügte sie an mich gewandt hinzu. Ihr kleines, rundliches Gesicht war so stark geschminkt, dass keine einzige Pore mehr zu sehen war und ich kaum glauben konnte, dass diese Frau bis eben noch am ganzen Körper schwitzend Aerobic gemacht hatte. Wann habe ich mich das letzte Mal mit jemandem unterhalten, der falsche Wimpern trägt, fragte ich mich.

»Sorry, dass wir dich so überfallen. Wie heißt du noch gleich?«

»Shibata.«

»Shibata«, wiederholten die Frauen im Chor, bevor sie mich mit Fragen löcherten. Wann mein Termin sei, wollten sie wissen, und ob ich auch in der Nähe der Mittelschule wohne. Ich war in einen Käfig aufgescheuchter Vögel hineingestolpert. Sobald ich auf eine Frage antwortete, kam ein Kommentar zurück. »Eine Maigeburt ist super, um einen Kindergartenplatz zu ergattern« oder »Dann wohnst du ganz in der Nähe meines Elternhauses«, hieß es.

»Du machst also zum ersten Mal Aerobic«, kommentierte eine der Frauen. »Ganz schön heftig, was? Ich war noch nie woanders, aber hier wird wohl die härteste Form von Maternitybics unterrichtet.«

»Oh ja«, antwortete ich. »So heftig, dass ich schon dachte, das Kind würde kommen.«

Der Vogelkäfig brach in lautes Gezwitscher aus und ich war erleichtert, dass man mich aufgenommen hatte. An diesem Sonntagnachmittag nahmen die Gespräche kein Ende. Als Einstimmung wurden die Themen Harndrang während der Schwangerschaft und Inkontinenzeinlagen besprochen. Weiter ging es mit einem Besuch bei den Schwiegereltern, die hartnäckig einen männlichen Enkel forderten. Die Frau, die davon berichtete, hatte in der Bahn nach Hause voller Wut eine Voodoo-Puppe aus der Papierhülle ihrer Essstäbchen gebastelt und die Eltern ihres Mannes verflucht. Eine andere erzählte, dass sie während der ersten Monate – vielleicht, weil sich ihr Geschmacksinn so sehr verändert hatte – täglich mindestens einen Energydrink der Marke Dodekamin Strong hatte trinken müssen. Obwohl ihr der Arzt dringend vom übermäßigen Verzehr abgeraten hatte, war sie sogar während eines Taifuns, allen Unwetterwarnungen zum Trotz, bis zum nächsten Getränkeautomaten gejoggt, um sich ihre Dosis zu besorgen. Wenn eine der Frauen einen Einwurf machte, fing eine andere ihn auf und gab ihn weiter, wie in einer eingespielten Volleyballmannschaft.

Irgendwann bemerkte Hosono eine Frau in schwarzer Strickjacke, die zum Getränkeautomaten am Eingang ging. »Hey, das ist doch Ritsuko!«, sagte sie, woraufhin alle zusammen »Ritsukooo« riefen und winkten. Ritsuko winkte zurück. Ich brauchte einen Moment, bis ich begriff, dass es die Aerobictrainerin war, die ihre Haare jetzt offen trug und nicht die übliche Sportkleidung anhatte. Ihren Vornamen hatte ich bis dahin nicht gekannt.

Während ich den Gesprächen lauschte, fand ich heraus, dass die mit den Donuts, die Gachiko genannt wurde, und eine Frau namens Kiku im selben Firmenwohnheim lebten, da ihre Männer Arbeitskollegen waren. Sie hatten diese Gruppe ins Leben gerufen, die ursprünglich nur aus Bekannten bestanden hatte. Den spätesten Geburtstermin hatte Hoyalein. Sie war erst im Sommer dran. Löckchen sollte ihr Kind wie ich im Mai bekommen, aber erst am Ende des Monats. Am frühesten war Hosono dran, die schon übernächsten Monat entbinden würde. »Wenn das Kind erst einmal da ist, kann ich nicht mehr auswärts essen, also will ich mir vor der Geburt noch mindestens zwei Mal gebratenes Fleisch gönnen«, sagte Hosono resolut. Ihr Bauch war so riesig, dass ich mir beim besten Willen nicht vorstellen konnte, wie er noch größer werden sollte. »Aber mein Mann sagt, sogar mein Gesicht sei rund geworden«, fügte sie mit einem Seufzer hinzu.

»Dein Gesicht ist total schmal und das war es schon immer, Hosono«, meinte Chiharu, die bereits vierjährige

Zwillingstöchter hatte. »Außerdem nimmst du nach der Geburt sowieso ab, ob du willst oder nicht.« Ich erkannte Chiharus Sweatshirt mit einem Fuchsmotiv. Es war aus einem Markenladen, in den ich auch manchmal ging, wo ich aber noch nie etwas gekauft hatte. Ihr Bauch ließ noch kaum Anzeichen einer Schwangerschaft erkennen und sie trug im Gegensatz zu den anderen einen engen Rock. Trotzdem sah sie für mich extrem wie eine Mutter aus, was wahrscheinlich an dem kindlichen Comicfigur-Anhänger lag, der an ihrem Rucksack baumelte, den sie an ihre Stuhllehne gehängt hatte. Unter ihren penibel lackierten Nägeln blinkte ein Handy auf.

»Ich muss langsam mal los«, sagte sie. »Bevor ich die Zwillinge von ihrem Sportkurs abhole, will ich noch fürs Abendessen einkaufen.«

»Dann komme ich mit. Später kommt noch eine Paketsendung bei uns an.«

Diese Bemerkung löste allgemeine Aufbruchstimmung aus: »Ich auch« und »Dann gehen wir langsam mal«, hörte ich die Frauen sagen, sodass wir am Ende alle zusammen die Lounge verließen. Während wir auf den Fahrstuhl warteten, sah ich zum Display der Überwachungskamera auf. Dort standen sieben rundbäuchige Frauen und eine davon war ich.

»Bis demnächst.«

»Ja, bis nächste Woche.«

Nur Hoyalein, die zu einer anderen Bahnstation musste, verabschiedete sich, gleich nachdem wir das Gebäude verlassen hatten. Der Rest löste sich nach und nach auf. Chiharu verließ uns vor dem teuren Supermarkt Kinokuniya,

Hosono bog hinter dem Polizeihäuschen an der großen Kreuzung ab und Löckchen verabschiedete sich mit den Worten, sie würde noch einen Abstecher bei ihren Eltern machen. Gachiko, Kiku und ich mussten in dieselbe Richtung. Es war leicht bewölkt, aber trotzdem viel zu warm für einen Februarnachmittag. Die Pfützen vom gestrigen Regen glitzerten flamingofarben.

In meiner Nachbarschaft waren die Straßen definitiv zu eng für drei Personen nebeneinander. Wir gingen mal in einer Reihe, mal trennten wir uns auf den rechten und linken Straßenrand auf. »Achtung, Fahrrad!«, rief Gachiko, als ein übelgelaunter Radfahrer Kiku beinahe anfuhr. Gachiko ging ganz vorne und ihre neongelben Sneakers bildeten einen starken Kontrast zur betonierten Straße.

Wie lange war es her, dass ich mit einer Gruppe Frauen durch mein eigenes Wohnviertel gegangen war. Als Kind war ich in einer festen Gruppe zur Grundschule gelaufen, hatte Freundinnen in der Nachbarschaft besucht, war besucht worden, hatte mich mit dem Fahrrad im Park in der Nähe verabredet. Doch irgendwann waren Treffpunkte in der Innenstadt wie Einkaufszentren und Kinos die primären Anlaufstellen geworden. Als Erwachsene war ich dann wieder mit meinem jeweiligen Freund durch die Straßen meines Viertels gelaufen, aber fast nie mit anderen Frauen. Den letzten Besuch hatte ich bekommen, als ich bei meiner vorigen Firma angefangen und in meiner Wohnung mit Kolleginnen einen Umtrunk gemacht hatte. Damals waren wir alle zusammen in der Nähe Getränke kaufen gegangen.

Ich sprach die beiden Frauen vor mir an.

»Mit einer Freundin zur selben Zeit schwanger zu sein, stelle ich mir schön vor.«

»Prinzipiell ist es das auch«, antwortete Gachiko, »aber das Leben im Firmenwohnheim kann echt anstrengend sein. Es wird kommentiert, wie du den Müll herausbringst, und die Gerüchteküche kocht.«

»Einige Frauen treffen sich regelmäßig, nur um den neuesten Klatsch auszutauschen, wie auf einem Dorf«, sagte Kiku. »Aber wie sieht es denn bei dir aus?«

»Ja, was macht dein Mann?«, fragte mich nun auch Gachiko.

Ich blieb abrupt stehen. Eine Zikade, die sich in der Jahreszeit vertan hatte, begann zu zirpen.

»Er ist ein normaler Angestellter.«

»Aha«, sagten die Frauen wie aus einem Mund und ich machte einen großen Schritt, um sie einzuholen.

»Ich wette, dein Mann ist ein cooler Typ. Einer, der sich modisch kleidet. Das würde zu dir passen, Shibata.«

»Wem sieht er ähnlich, wenn du ihn mit einer Berühmtheit vergleichen müsstest?«

»Gute Frage. Bei dem eigenen Mann ist das schwer zu sagen.«

»Da hast du recht.«

»Also Kiku, dein Mann sieht jedenfalls aus wie Pichon-kun!«

»Jetzt hör schon auf! Das sagst du immer, Gachiko.«

»Pichon-kun?«, fragte ich.

»Siehst du, sie kennt ihn nicht.«

»Das ist irgendein Maskottchen, oder?«

»Genau, von einem Klimaanlagenhersteller. Moment …
Hier!«

Gachiko zeigte mir auf ihrem Handy ein Maskottchen aus
einem Werbespot für Klimaanlagen, als wir die Gabelung
erreichten, an der sich unsere Wege trennten. Ich musste
über den Fluss, an dem mein Apartmentgebäude lag, und
Gachiko und Kiku mussten in Richtung der Grundschule
gehen, wo sich ihr Firmenwohnheim befand.

»Ich muss hier lang.«

»Alles klar. Dann bis nächste Woche.«

Wir winkten uns zum Abschied zu. Auf der kleinen Brü-
cke drehte ich mich noch einmal zu den Frauen um, die sich,
beide leicht im Hohlkreuz, langsam entfernten. Gachikos
neongelbe Sneakers stachen selbst auf die Distanz ins Auge.
Ich fragte mich, wo sich die einsame Zikade versteckte, die
jetzt noch lauter zirpte.

Nachdem ich die Treppe in den zweiten Stock hinauf-
gestiegen war und meine Haustür geöffnet hatte, sank ich
unverzüglich auf die kühlen, dunkel glänzenden Dielen. Ich
befand mich wieder auf gewohntem Terrain. Eine Zeit lang
lag ich einfach nur da, ohne mir die Jacke auszuziehen oder
das Licht anzumachen. Als der Schatten des Schuhschranks
langsam mit der weißen Tapete verschmolz, griff ich im Liegen nach meiner Handtasche, holte das Handy hervor und
öffnete die Schwangerschafts-App. Sportliche Betätigung:
Fünfzig Minuten Maternitybics.

Nachdem ich zu Abend gegessen hatte und während ich das
Geschirr wegräumte, vibrierte mein Handy. Die Einladung

in eine LINE-Gruppe. »Werdende-Mamas-Team-Maternitybics«, las ich auf dem Display. Ohne die Nachricht zu öffnen, räumte ich weiter auf. Ich badete etwas früher als sonst, machte meine Dehnübungen, fing einen Film an und schlug dann ein Buch auf, konnte mich aber einfach nicht konzentrieren. Eine boshafte, gesichtslose Welle schwemmte wieder und wieder an mich heran und entzog meinem Kopf das gerade Gelesene. Je mehr ich mich konzentrierte, desto rauer wurde die See. Ich legte das Buch weg und wollte stattdessen die Erbsensprossen gießen, doch ich erinnerte mich, dass ich das schon am Morgen getan hatte. Zu viel Wasser und die Wurzeln würden verfaulen.

Kurz vor Mitternacht ging ich ins Bett und nahm endlich mein Handy in die Hand. Nachdem ich den Wecker gestellt hatte, öffnete ich LINE. Das Gruppenbild zeigte zwei Mädchen in demselben Kleid, die sich unheimlich ähnlich sahen – bestimmt Chiharus Zwillinge.

Ohne auf »Beitreten« oder »Ablehnen« zu klicken, legte ich das Handy wieder weg und machte das Licht aus.

ACHTUNDZWANZIGSTE WOCHE

Während der Winter langsam ausklang, konnte ich mich auf Amazon Prime für keinen Film mehr entscheiden. Nicht, dass es keinen mehr gegeben hätte, der mich interessierte, ganz im Gegenteil, es gab Tausende. Das Problem lag woanders.

Bis letzte Woche hatte ich mir fast täglich mindestens einen Film angesehen, anfangs solche, die ich zur Zeit ihres Erscheinens verpasst hatte, oder sogenannte Meisterwerke, die ich nur dem Namen nach kannte. Das hatte Spaß gemacht und mich vorübergehend beschäftigt. *Grand Budapest Hotel, Any Day Now, Mein Onkel, Taro und Jiro in der Antarktis, Die fabelhafte Welt der Amélie.* Als mir die Ideen ausgegangen waren, hatte ich mich durch »Diese Filme könnten Ihnen auch gefallen« geklickt. Unendlich viele Geschichten hatten sich vor meinen Augen abgespielt. Mal versuchte jemand, in einem kalten Land einen Imbiss zu eröffnen, mal kümmerte sich ein Auftragskiller nebenbei um ein kleines Mädchen, mal passierten einem Jungen allerlei seltsame Dinge, während er allein das Haus hütete. Was genau das alles war, entfiel mir schon bald, nachdem ich den Film gesehen hatte.

Als ich mir letztens während der Bahnfahrt einen Blogbeitrag mit dem Titel »Diese Filme sollte jeder Cineast gesehen haben!« durchgelesen hatte, stellte ich fest, dass ich den Großteil der Liste bereits bewältigt hatte. Ich wusste, dass ich die Filme gesehen hatte, merkte beim Lesen aber, dass ich mich kaum an die Handlungen erinnerte. Dabei war es höchstens ein paar Wochen her. Anfangs hatte ich mir meine Eindrücke noch notiert, doch bald war ich nicht mehr hinterhergekommen und hatte es aufgegeben. Jetzt konnte ich nicht einmal mehr sagen, was ich da überhaupt gesehen hatte. Figuren waren auf dem Bildschirm an mir vorbeigezogen, die meisten hatten ein glückliches Ende gefunden, wenige ein trauriges, und andere waren mit vielsagendem Blick in der Ferne verschwunden.

Mit der Zeit hatte ich mich von Amazon Prime regelrecht dazu genötigt gefühlt, täglich Auskunft darüber zu geben, was ich denn diesmal sehen wollte, weshalb ich letzte Woche stattdessen den Fernseher eingeschaltet hatte. Doch auch die Sendungen über Imbisse, für die man stundenlang Schlange stand, um eine hausgemachte Krokette zu ergattern, und die Quiz-Shows, in denen Prominente mit übertriebener Mimik Fragen beantworteten, fühlten sich wie alte Socken an, die auf der Straße gelandet und restlos platt getreten worden waren. Von den Nachrichtensendungen mit langen Monologen irgendwelcher Kommentatorinnen und Kritikerinnen hatte ich auch schnell genug gehabt, weshalb der Fernseher heute aus blieb.

Durch die dünne Wand meiner Wohnung hörte ich kaum vernehmbar meine Nachbarn reden. Kurz schwoll eine der

Stimmen an, als hätte man den Lautstärkeregler eines Radios zu schnell aufgedreht, doch sofort wurde es wieder still. Was gesagt wurde, konnte ich nicht verstehen.

Bis zum Herbst letzten Jahres hatte eine Studentin neben mir gewohnt. Sie hatte ihr Haar immer gekonnt zurechtgemacht und sogar einen einfachen Pferdeschwanz unheimlich hübsch aussehen lassen. Manchmal war ich ihr zusammen mit einem jungen Mann auf dem Gang begegnet, wahrscheinlich ihrem Freund, und jedes Mal wurde ich nett gegrüßt. Die Frau, die vor einiger Zeit die Tür zur Nachbarwohnung aufgeschlossen hatte, war etwas älter als ich und hatte ein Gesicht wie eine Ameisenbärin. Es war ganz bestimmt nicht die Studentin von vorher.

Da ich von Filmen und Fernsehen genug hatte, war ich diese Woche noch häufiger zum Maternitybics gegangen. Zusätzlich zu dienstags und donnerstags hatte ich auch die Kurse am Montag und Mittwoch besucht und am Sonntag würde ich wieder hingehen. Ich war also fast täglich dort. Zum Glück zahlte ich einen Festbetrag.

An Werktagen waren die Gruppen klein und es wurde kaum geredet, sodass ich mich voll und ganz auf Stretching, Choreographie und Übungen konzentrieren konnte. Wenn die jeweilige Trainerin mit durchdringender Stimme rief: »Diese Muskeln hier anspannen! Geeenau! Wenn ihr das Kind herauspresst, nutzt ihr auch diesen Bereich!«, lenkte ich mein Bewusstsein auf die Bauch- und Beinmuskeln. Im Spiegel sah ich, dass ich meine Arme höher in die Luft riss als alle anderen. Später in der Umkleidekabine zog ich mir die vor Schweiß triefende Sportkleidung aus und trank

Wasser. Dann trug ich meine sportliche Betätigung in die Schwangerschafts-App ein und ging zu Fuß nach Hause.

An Wochenenden verlief der Kurs vollkommen anders. Schon vor Beginn wurde lebhaft geredet und auch wenn das Geplapper während der Übungen kurzzeitig verstummte, ging es spätestens nach der Abkühlphase mit einem »Ich dachte, ich müsse sterben« wieder los. Man grüßte sich immer, zumindest taten das alle außer der Frau im neonblauen T-Shirt. Zum Schluss ging es plappernd in die Umkleidekabine und man konnte sich darauf verlassen, dass immer jemand fragen würde: »Ihr kommt aber noch mit in die Lounge, oder?«

Als ich mich an diesem Sonntag dem Tisch näherte, rückte Löckchen sofort auf, um mir Platz zu machen.

»Hallo Shibi.«

Letzte Woche hatte Hosono gesagt: »Du hast schöne Hände, Shibi.« Seitdem hieß ich in dieser Runde Shibi. Ich fragte mich, wann ich das letzte Mal einen neuen Spitznamen bekommen hatte.

Heute erkundigte sich Hosono bei Chiharu, was sie unbedingt mit ins Krankenhaus nehmen müsse, denn sie wolle langsam ihre Sachen packen.

»Auf jeden Fall Socken. Die Krankenhauszimmer können ganz schön kalt sein und man friert so leicht in den Hausschuhen. Dicke, flauschige Socken und Kompressionsstrümpfe würde ich dringend empfehlen.«

In der Mitte des Tisches lagen wieder Küchlein von Gachiko, diesmal waren es Mini-Castella. Zu Hause beschwerte sich ihr Mann, sie würde zu viel essen, erzählte sie uns und zog ihre auf der runden Stirn dünn nachgezeichneten Augenbrauen verärgert zusammen.

»Dabei isst und trinkt er selbst so viel. Und ich gehe abends nicht einmal mehr aus.«

»Deiner kümmert sich wenigstens, Gachiko. Mein Mann interessiert sich nicht mal für die Vorsorgeuntersuchungen. Er denkt wohl, ein Baby flutsche einfach so heraus. Deshalb habe ich mir das hier gekauft«, sagte Hoyalein.

Sie holte etwas aus ihrem Marimekko-Rucksack und Chiharu, die bis dahin ins Gespräch mit Hosono vertieft gewesen war, sprang sofort darauf an.

»Ach, wirklich? Du hast dir eins gekauft?«

»Ja, ich wollte, dass mein Mann es endlich auch hört. Im Moment ist es leider noch kaum wahrnehmbar.«

Das rosa Gerät sah aus wie ein Stethoskop, nein, es war ein Stethoskop.

»Wofür ist das?«, fragte ich unbedarft. Im ersten Moment hatte ich an etwas Obszönes gedacht.

»Das ist ein Stethoskop. Hast du noch nie eins benutzt, Shibi? Man kann damit den Herzschlag des Fötus hören, total toll. Vielleicht sollte ich mir auch eins besorgen.«

»Wofür denn, Chiharu? Dein Mann kommt doch zu den Untersuchungen mit«, sagte Hoyalein.

»Für mich selbst. Zu wissen, dass das Herz schlägt, ist beruhigend. Es ersetzt keine Ärztin, aber wenn man nachts nicht schlafen kann, gibt es einem sicher Kraft. Außerdem würde ich die Zwillinge gern den Herzschlag ihres Bruders hören lassen.«

»Willst du es mal ausprobieren?«

»Darf ich?«

Chiharu nahm Hoyalein das Stethoskop ab, rollte den Pullover hoch und legte das Kopfstück an ihren Bauch. Die älteren Männer am Nachbartisch sahen zu uns herüber, woran sich Chiharu nicht störte.

»Hörst du es?«, fragte Hoyalein.

»Moment. Ah, ja! Ich höre es!«

Danach ging es der Reihe nach.

»Ich höre keinen Ton«, beschwerte sich Gachiko. »Weiter unten«, erklärte Chiharu und setzte das Stethoskop für sie an. Unsere Seite des Tisches unterhielt sich derweil über Geburtsvorbereitungskurse. Ich hörte Löckchen zu, wie sie über ihren Mann klagte, der bei einem Schwangerschaftsworkshop etwas Beleidigendes zu einer anderen Teilnehmerin gesagt hatte. Dann kam das Stethoskop zu uns. Hosono wollte es ausprobieren und rollte bereits ihren dünnen, hellblauen Pullover hoch. Ihr stattlicher Bauch ließ keinen Raum für Zweifel, dass sich darin ein Kind befand.

»Hmm, ist es dieses Geräusch?«, fragte Hosono.

»Man hört ziemlich genau, dass es ein Herzschlag ist«, antwortete Chiharu.

»Dann muss es irgendetwas anderes sein. Shibi, kannst du mir mal helfen?«

Um besser zu hören, wollte Hosono sich beide Ohren zuhalten, also drückte sie mir das Stethoskop in die Hand. Ich wusste nicht, wo ich es ansetzen sollte, also ließ ich es nach und nach über ihren Bauch wandern. Als ich das Stethoskop entgegengenommen hatte, waren Hosonos Hände kalt gewesen, ihr runder Bauch strahlte dagegen eine solche Wärme aus, dass mir beinahe schwindelig wurde.

»Hey! Ich höre es!«

Hosonos freudige Stimme hallte durch die Lounge, als meine rechte Hand ganz leicht ihren Bauch streifte. Obwohl ich sie sofort wieder wegzog, blieb das Gefühl der heißen, glatten Haut an meinen Fingern haften. Die Gewissheit, dass dort drinnen etwas erdrückend Wirkliches lebte, erschütterte mich bis ins Mark.

»Ich höre wirklich den Herzschlag! Er ist viel schneller als bei einer Erwachsenen. Du solltest das auch mal probieren, Shibi«, sagte Hosono euphorisch, während sie den Pullover wieder über ihren Bauch zog. »Ein andermal«, erwiderte ich schwach. Mehr brachte ich nicht heraus.

Am nächsten Tag wurde ich gleich nach Ankunft in der Firma vom Abteilungsleiter herbeigeordert. Es gab ein Problem mit dem Rohpapier, das vorige Woche in der Fabrik eingetroffen war. Ich rief sofort bei unserem Zulieferer an und fand heraus, dass der Fehler dort passiert war. Nachdem ich um eine Neulieferung gebeten und aufgelegt hatte, bemerkte ich, dass mich Herr Higashinakano besorgt ansah. Er roch wie immer nach Kleber.

»Alles in Ordnung, Frau Shibata?«

»Was soll in Ordnung sein?«

»Oh, Verzeihung, aber die Sache mit dem Rohpapier scheint sehr nervenaufreibend zu sein und Sie wirken ohnehin etwas blass.«

»Danke, aber es ist nichts.«

Genau. Es war nichts. Gar nichts. Und deshalb befasste ich mich weiter mit der Herstellung von Papierrollen, auch wenn ich mich fragte, ob man auf dieser Welt wirklich so viele davon brauchte. Aber solange es Aufträge gab, musste ich Papierschleifen um einen hohlen Kern wickeln. Ich wollte mich schon einem anderen Projekt widmen, als mich der Zulieferer zurückrief. Sie hatten das Papier, das wir brauchten, nicht mehr auf Lager und es würde dauern, bis es wieder reinkäme. Ich trommelte gereizt mit dem Finger auf die Leertaste meiner Tastatur.

Wieder starrte mich Herr Higashinakano an. Als ich aufgelegt hatte, funkelte ich böse zurück. »Verzeihung, Verzeihung«, stammelte er und wandte sich seinem Bildschirm zu.

NEUNUNDZWANZIGSTE WOCHE

Obwohl der März schon begonnen hatte, war für den Nachmittag starker Schneefall angekündigt, der in der gesamten Region Kantō, also auch in Tokyo, bis zum Morgengrauen des nächsten Tages anhalten sollte.

Alle genossen es, sich Sorgen zu machen. An ihren Tischen, auf dem Gang, am Telefon. »Heute mache ich früher Schluss«, hörte ich einen Kollegen sagen. »Sind bei Ihnen die Bahnen betroffen?«, fragte ein anderer. Am Telefon meinte eine Kundin: »Haben Sie es gut. Unsere Firma lässt uns nicht früher gehen.« Dabei wirkten alle eher vergnügt als beunruhigt.

Als ich im Schreibwarenladen neue Minen für meinen Frixion-Stift kaufen wollte, fragte mich der Verkäufer: »Schneit es schon?«, woraufhin wir zusammen aus dem Fenster schauten. »Ich glaube, nicht«, sagte ich.

Nachmittags fing es dann langsam an. Um drei Uhr bekamen wir eine Rundmail, die uns dazu anhielt, nach Hause zu fahren, sobald wir das Wichtigste erledigt hätten. Sofort stand der Kollege mir gegenüber auf und packte seine Sachen.

»Wollen Sie nicht auch langsam nach Hause, Frau Shibata? Eine überfüllte Bahn sollten Sie besser vermeiden.«

»Danke. Ich gehe, wenn ich hiermit fertig bin.«

»Wie Sie meinen. Aber passen Sie auf, dass es nicht zu spät wird.«

Er zog sich seinen kastanienbraunen Mantel über und verließ das Büro. Veloursleder, tippte ich, denn das Material glänzte so schön.

»Ich gehe dann mal«, »Passen Sie auf sich auf«, »Es soll ein U-Bahn Chaos geben«, Stille. Keine Stunde später war die Hälfte der Belegschaft gegangen. Einige blieben aber und verfolgten gebannt die Meldungen über den Bahnverkehr. »Angehalten«, seufzte jemand laut und machte sich auf den Weg in den Convenience Store, um sich mit gedämpften fleischgefüllten Teigtaschen und heißem *Oden* einzudecken.

Herr Higashinakano saß schweigend und so kerzengerade, als hätte er ein Lineal im Rücken, vor seinem Computer. In dem sich leerenden Büro schrie sein rapsgelbes Sommerhemd förmlich: »Hier bin ich«. Ich fragte mich, ob er diese Modewahl selbst getroffen hatte.

Mit dem Wichtigsten fertig, wollte ich nur noch einige Dokumente ausdrucken und dann nach Hause fahren. Im Druckerraum warf ich einen Blick aus dem Fenster. Der Himmel war wie mit Tusche gemalt. Schichten aus mattem Grau, durchzogen von dämmrig weißen Lücken, spuckten lautlos Schneemassen aus. Es war ringsherum so dunkel, dass ich das beleuchtete Zimmer im Nachbargebäude genau erkennen konnte. Vor einem kalten Stahlregal stand ein kleiner Mann, zog Aktenordner heraus und sortierte sie woanders wieder ein. Von hier aus sahen alle Ordner gleich aus und der Prozess wirkte wie ein Spiel, dessen Regeln ich nicht kannte.

»Der Schnee wird liegenbleiben.« Ein Kollege aus einer anderen Abteilung stand jetzt an dem Drucker neben mir.

»Ja«, erwiderte ich. »Wir sollten nach Hause, bevor die Bahnen ausfallen.«

»Frau Shibata.« Er senkte seine Stimme. »Es ist sicher anstrengend, neben Herrn Higashinakano zu sitzen, oder?«

Der Kollege hatte sich plötzlich zu mir gebeugt, um mir ins Ohr zu flüstern, und ich umschlang instinktiv meinen Bauch.

»Nein, gar nicht«, gab ich zurück.

»Dann ist ja gut. Aber der Kerl ist komisch, oder? Letztens im Fahrstuhl hat er seinen Laptop aus Versehen mit einem großem Knall an die Wand geschlagen, also habe ich mich kurz zu ihm umgedreht. Und wissen Sie, was er dann getan hat? Er hat ganz laut ›Verzeihung, Verzeihung‹ gerufen, immer wieder. Als ich das ignoriert habe, hat er angefangen, unverständliches Zeug zu brabbeln. Es waren Besucher aus einer anderen Firma mit im Fahrstuhl und die sahen aus, als wollten sie so schnell wie möglich weg. Der Mann ist doch krank, oder?«

Der Kollege schien noch mehr sagen zu wollen, aber ich war fertig mit dem Drucken und ging zurück an meinen Platz. Dort packte ich meine Sachen zusammen.

»Ich gehe dann mal. Passen Sie auf mit dem Schnee, Herr Higashinakano.«

»Danke«, gab er zurück. »Wenn ich hiermit fertig bin, gehe ich auch. Ich muss diese Unterlagen unbedingt noch heute erstellen. Das hat mir der Abteilungsleiter am Morgen aufgetragen.«

Herr Higashinakano deutete mit einem Nicken auf den Schreibtisch des Abteilungsleiters, der selbst längst gegangen war. Ich fragte mich, wann er sich diese Unterlagen ansehen würde.

Abgesehen davon, dass die Bahnen in etwas größeren Abständen kamen, war kaum ein Unterschied zu sonst zu spüren. Nur wenige Male wurde kurz außerplanmäßig zwischen den Stationen gehalten und es war unmerklich voller. Alle Fahrgäste schienen stumm zu beten, dass die Bahn nicht stehenbleiben würde. Als jemand seine Tasche in der Tür einklemmte, wurde ihm sofort geholfen, damit es schnell weiterging.

Irgendwann wurde ein Platz frei und ich setzte mich. Das warme Gebläse unter dem Sitz machte meinen ganzen Körper schläfrig. »Katanck, Katonck, Katanck, Katonck. Sie fuhren mit der Bahn nach Norden und kamen in das Königreich des Schneefuchses«, hatte es in einem Bilderbuch geheißen, das ich in der Kindergartenzeit gern gelesen hatte. Eine Zirkusgruppe hatte mit der Bahn die Welt bereist und an den verschiedensten Orten Aufführungen gegeben. In Schneeländern, Wüstenkönigreichen, Wäldern und Zwergendörfern. Manchmal nahmen sie auch ein Schiff oder ein Kamel, aber eines blieb immer gleich: Sobald es Nacht wurde, bauten sie ihre Zelte und Hängematten auf und schliefen alle an demselben Ort.

Ich stieg aus und blickte vom hochgelegten Gleis nach unten auf den Bahnhofsvorplatz, der in einen Mantel aus Weiß gehüllt war. Es fühlte sich an, als wäre ich in einer neuen, mir unbekannten Stadt angekommen. Im zerbrechlichen Schein der Straßenlaterne sah ich sich kreuzende Fußspuren, die die Schneedecke tatkräftig schnell wieder unter sich begrub.

Die Regale mit Frischwaren und Konserven waren wie leergefegt, also würde ich die Gerichte, die ich mir in der Bahn überlegt hatte, nicht zubereiten können. Dann koche ich eben etwas mit dem, was ich noch zu Hause habe, beschloss ich. Es war mir aber zu lästig, wieder bis zum Eingang des Supermarkts zu laufen, um den leeren Korb zurückzustellen, also griff ich nach dem Erstbesten, was ich sah – einem teuren griechischen Joghurt, den ich sonst nie kaufen würde. Zu Hause bereitete ich schnell eine Suppe zu und aß den Joghurt als Nachspeise. Er schmeckte weder besonders gut noch besonders schlecht.

Durch den angerosteten Rahmen meines Fensters drang feuchtkalte Luft herein. Meine Hände und Füße waren eisig. Nachdem ich mir die Haare in meinem unterkühlten Badezimmer gewaschen hatte, stieg ich in die Wanne. Das Badewasser war nur noch lauwarm, und da es keine *Oidaki*-Funktion zum automatischen Aufwärmen gab, bespritzte ich mich mit dem Duschkopf mit heißem Wasser und wartete reglos darauf, dass die Kälte aus meinen Knochen wich.

Wieder ein neuer Abend. Als ich mir den Schlafanzug angezogen und die Haare geföhnt hatte, war es noch vor neun. In den Nachrichten ging es nur um den Schneesturm. Anscheinend standen mittlerweile einige Bahnlinien still.

Die Sender zeigten Bilder überfüllter Bahngleise in Shibuya und Reihen von Menschen, die vor dem Bahnhofsgebäude auf Taxis warteten. Irgendwo hatte es bei einem Schneesturz einen Unfall gegeben. »Bitte verlassen Sie nur in Notfällen Ihre Häuser«, sagte eine Reporterin in einem viel zu dünnen Daunenmantel. Ich schaltete den Fernseher aus.

Auch in den sozialen Netzwerken wimmelte es nur so von Beiträgen zum Schnee. Weiße Landschaften hinter Fenstern, Verkehrsmeldungen, Schneemänner, die die Kinder gebaut hatten. Ich verlor schnell das Interesse und suchte stattdessen nach einer neuen Waschmaschine und dem Spielplan einer Theatergruppe, über die ich mit Yukino geredet hatte, doch auch damit war ich schnell fertig. Auf alle Fragen, die dich mäßig interessieren, gibt dir das Internet sofort Antwort. Was du wirklich wissen willst, findest du dort aber nicht, und was du nicht einmal dem Namen nach kennst, noch weniger.

Ich strich über die beschlagene Fensterscheibe und sah, dass es jetzt noch stärker schneite. Aus einem mond- und sternlosen, pechschwarzen Himmel quollen in einem fort Schneeflocken und fielen unbeirrt auf Straßen, Häuser, Gärten, Gleise. Ich setzte mir in den Kopf, einer Flocke zu folgen, bis sie die Erde berührte, und starrte in den Himmel. Bei den unzählbaren, sanft schaukelnden Schwärmen war mein Vorhaben jedoch aussichtslos. Auf der anderen Seite des Flusses sah ich verschwommen orangefarbene und gelbe Lichter. In der Eckwohnung mir gegenüber wurden gerade die Vorhänge zugezogen.

So ist es nur gerecht, dachte ich.

Alle sind gleichermaßen wegen des Schnees in ihren Wohnungen gefangen. Natürlich waren manche Menschen noch bei der Arbeit oder auf dem Heimweg oder hatten das Glück, gerade jetzt im Ausland zu sein, aber die allermeisten waren in ihren Häusern, unbeabsichtigt und unvorhergesehen. An Neujahr oder zum Ahnenfest hatte der größte Teil der Bevölkerung zur selben Zeit frei, aber solche Feiertage wurden lange im Voraus geplant. Man verabredete sich mit Freundinnen, fuhr in die Heimat und investierte mitunter mehr Zeit und Geld in Freizeitvergnügungen, als ich es mir überhaupt vorstellen konnte. Nicht aber heute Abend. Der Schnee hatte uns in unsere Häuser gezwungen, wo wir nun aßen oder fernsahen. Manche allein, manche zusammen.

Ich ließ den Blick durch mein zwölf Quadratmeter kleines Zimmer schweifen. Aus den Taschen meines grauen Mantels, der im Winter immer an der Wand hing, schauten Tweed-Handschuhe hervor. Ich hatte sie während meiner Zeit auf der Universität von meinem damaligen Freund geschenkt bekommen. Wir hatten uns in einem Seminar kennengelernt, waren ziemlich schnell ein Paar geworden und hatten uns im ersten Sommer nach dem Abschluss wieder getrennt. Dass ich seine Geschenke weiterbenutzte, ohne etwas dabei zu empfinden, zeigte, wie wenig er mir noch bedeutete. Vielleicht würde ich ihn nicht einmal erkennen, wenn wir uns in der Stadt oder am Bahnhof über den Weg liefen. Dasselbe galt für den Freund, der nach ihm gekommen war, für eine Handvoll ehemaliger Kolleginnen aus der Zeitarbeitsfirma, die Mitglieder aus meiner Studenten-

gruppe, alte Klassenkameradinnen, mit denen ich Freund-
schaftsbücher ausgetauscht hatte.

Was machten sie wohl gerade? Vielleicht saßen sie zitternd
in einem Taxi, auf das sie eine Ewigkeit gewartet hatten, be-
reiteten ein Abendessen für jemanden vor, der noch nicht
zu Hause war, oder sahen aus dem Fenster und redeten mit
einer Tasse Kakao in der Hand über den Schnee. Eine Familie zu gründen war vielleicht eine Art Versicherung, bei der
man sich verpflichtete, den anderen nicht zu vergessen. Man
schloss diesen Vertrag ganz unbewusst ab.

Ich zog die Vorhänge zu und legte den Kopf auf die
Armlehne meines kleinen Sofas. Mein Handy blinkte – der
Newsletter eines Onlineshops, bei dem ich schon lange
nicht mehr eingekauft hatte. Ich tippte auf den Bildschirm,
um die Mail zu löschen, und öffnete aus Gewohnheit die
Schwangerschafts-App. Die wöchentliche Erklärung zur
Größe des Fötus poppte auf.

»Neunundzwanzigste Woche – Ihr Baby hat nun die Größe von einem Butternut-Kürbis.«

»Butternut-Kürbis!«, rief ich fassungslos aus und meine
Stimme überschlug sich.

Ob der Entwickler dieser App regelmäßig Butternut-Kürbis aß? Ich jedenfalls nicht. Noch nie in meinem Leben hatte
ich einen gekauft. Vielleicht bekam man so etwas bei einer
gut sortierten Gemüsehändlerin oder in einem teuren Supermarkt, aber als Standardgemüse konnte man Butternut-
Kürbis nun wirklich nicht bezeichnen. Der Sinn dieser Obst-
und Gemüsevergleiche war doch, dass man sich das Kind
besser vorstellen konnte. Man sollte also Dinge nehmen, die

zwanzig- und dreißigjährige Frauen und Männer gut kannten. Das verstand sogar ein Laie wie ich. Im Internet erfuhr ich, dass sich Butternut-Kürbis gut für Suppen eignete. Aber wurde dieses Lebensmittel, das weder Butter noch Nuss, noch ein einfacher Kürbis war, wirklich so häufig verzehrt?

Aber, dachte ich dann, bestimmt gibt es auch Menschen, die sich ihr butternutkürbisgroßes Kind vorstellen und erleichtert aufatmen, ganz egal, ob sie das Gemüse kennen oder nicht.

Auf einmal wollte ich auch etwas haben, für das ich die Versicherung wäre, selbst etwas Unwirkliches, das andere nicht sahen und nur mir etwas bedeutete. Wenn ich dieses Etwas und dabei mich selbst für immer beschützen würde, wären verschneite Nächte wie diese vielleicht ein wenig anders. Ich trug in die App ein, was ich heute verzehrt und wie viel ich mich bewegt hatte. Beim Speichern ertönte ein Klingelton, der an eine Kirchenhymne erinnerte. Derweil verteilte sich der Märzschnee weiter gerecht über die ganze Stadt.

DREISSIGSTE WOCHE

Wo entstand dieser seltsame Nebel, der zu Frühlingsbeginn die ganze Welt einhüllte? Er legte sich über das zu helle Gleißen hinter dem Bahnfenster, den Topfpflanzendschungel vor den Geschäften, meine bestickten weißen Sneakers.

Für uns vom Maternitybics kam die Nachricht von der Geburt urplötzlich und anscheinend auch für Hosono selbst.

»Das Kind ist am Montag zur Welt gekommen. Drei Wochen vor dem Termin.«

»Das ist wirklich früh.«

»Aber auch nicht ungewöhnlich. Die wenigsten Frauen bekommen ihr Kind genau am Stichtag.«

Kiku zeigte uns auf ihrem Handy die Babyfotos, die ihr Hosono geschickt hatte. Nach einer allgemeinen »Oh wie süß«-Runde ging es schnell wieder um die Abweichung vom errechneten Geburtstermin. Natürlich, dachte ich. Diese Frauen würden innerhalb weniger Monate selbst an der Reihe sein. Mit »wie süß« brachte man kein Kind zur Welt.

»Ich wette, mein Mann bekommt die totale Panik, wenn die Wehen einsetzen«, seufzte Gachiko. »Meiner packt das auch nicht«, erwiderte Kiku. »Er hält sich jetzt schon ein Hintertürchen offen, indem er sagt, er würde zwar versuchen, bei der Geburt dabei zu sein, könne wegen der Arbeit aber nichts versprechen.«

»Mein Mann war bei den Zwillingen dabei, hat aber nur gestört«, klagte Chiharu. »Er wurde von der Krankenschwester herausgebracht, weil ihm mittendrin übel geworden ist.« Sie schnippte ein Staubkorn vom Saum ihres Kleides. Die engen Röcke hatte sie mittlerweile durch weite Kleider ersetzt, doch sie zog sich immer noch ausgesprochen modebewusst an. Heute trug sie Klamotten der Marke Scye.

»Die Nächste bist du, Shibi.«

Gachiko gab mir einen Donut mit einer Füllung aus süßer Bohnenpaste und salzigen Kirschblüten.

»Ich weiß. Wenn ich könnte, würde ich es sofort mit einem Ruck hinter mich bringen.«

Dieses Jahr sollten die Kirschen in der letzten Märzwoche in voller Blüte stehen.

Seit letzter Woche war ich nur noch selten beim Aerobic. Amazon Prime hatte ich auch gekündigt. Stattdessen ging ich regelmäßig zum Zahnarzt, ein Tipp von Chiharu. Nach der Geburt habe man keine Zeit mehr dafür, hatte sie gesagt. Meine Zähne hatten mir zwar nie Probleme bereitet, aber die Hormonschwankungen während der Schwangerschaft begünstigen Karies. »Können Sie in nächster Zeit regelmäßig kommen?«, hatte mich der Arzt nach einem Blick in den Mund gefragt. Also machte ich mich nun wöchentlich auf den Weg, um Zahnstein entfernen zu lassen und alle notwendigen Behandlungen abzuschließen.

»Bald ist es so weit, was?«, fragte mich eine alte Dame im Wartezimmer. Ihr Haar war so weiß wie frisch erblühte Schneeglöckchen. Sie spähte auf mein Handy. »Das kenn ich«, sagte sie stolz. »Die Seite heißt Mercari, oder?«

»Genau. Ich suche dort nach Second-Hand-Babyklei-dung. Alles neu zu kaufen lohnt sich nicht. Kinder wachsen so schnell und machen sowieso alles schmutzig.«

»Da haben Sie recht. Im Sichbekleckern sind Kinder Weltmeister.«

Die Dame wurde vom Arzt aufgerufen.

»Wissen Sie, heute ist meine letzte Behandlung«, erzählte sie mir und richtete sich auf. »Ich nehme die teuersten Fül-lungen, da lasse ich mich nicht lumpen. Dann sind meine Zähne die einer Adeligen! Es freut mich sehr, Sie an mei-nem letzten Tag kennengelernt zu haben. Sie beide wirken so glücklich.«

Die Dame trug einen minzgrünen Zweiteiler, der so alt-modisch wirkte, dass er fast wieder futuristisch aussah. Ich fragte mich, wo man so etwas bekam. In ihren mit Filzstift beschrifteten Praxispantoffeln stolzierte sie leichtfüßig wie eine Ballerina ins Behandlungszimmer.

»Meine Zähne sind die einer Adeligen«, sagte ich im Flüs-terton. Mein Blick traf sich mit dem eines Goldfischs, der im Aquarium neben dem Sofa schwamm. Zumindest kam es mir so vor. Noch einmal flüsterte ich den Satz, um ihn mir einzuprägen. Der Goldfisch wollte sich vor mir verste-cken, doch bevor sein Rot gänzlich hinter einer schwankenden Wasserpflanze verschwinden konnte, war ich näher ans Aquarium herangerückt. Und noch einmal: »Meine Zähne sind die einer Adeligen.«

Ich schloss Mercari, öffnete die Schwangerschafts-App und las mir die Erklärung für die dreißigste Woche durch. In dieser Phase wuchsen die Haare und Nägel des Babys, Fett hatte es noch kaum. Auf einem Foto würde es wohl dünner als ein Neugeborenes aussehen. Der Flaum, der den Körper bisher bedeckt hatte, verschwand langsam. Ich stellte mir die Haut so glatt wie die eines Delfins vor. All diese Überlegungen formulierte ich aus, notierte sie mir im Kopf, führte sie mir vor Augen, reicherte sie mit Worten an, erzählte sie dem Goldfisch.

»Frau Shibata.«

Ich stand auf und machte mich auf den Weg zum Arzt. Heute würde man meine untere Zahnreihe von Zahnstein befreien. Seltsamerweise begegnete ich der alten Dame weder im Wartezimmer noch auf dem Flur vor dem Behandlungszimmer.

ZWEIUNDDREISSIGSTE WOCHE

Dunkelheit hatte mich schon immer schlagartig müde gemacht. Ich brauchte keine absolute Finsternis, ein bisschen weniger Licht reichte aus. In der Grundschule war mir manchmal schwarz vor Augen geworden, wenn ich nach dem Morgenappell wieder ins Halbdunkel des Schulgebäudes kam und mir vor dem Schuhschrank die Hausschuhe anzog. Ähnlich war es mir beim Betreten der Umkleidekabine nach dem Sportunterricht ergangen.

»Alles in Ordnung, Frau Shibata?«

Wenn ich wieder erwachte, saß ich ordnungsgemäß im Klassenzimmer, trug meine Hausschuhe und bereitete mich auf die nächste Stunde vor. Oder ich hatte mich, ohne zu wissen wie, umgezogen und trug statt meines Trainingsanzugs wieder meine Schuluniform. Manchmal fragte ich mich, ob das hier alles vielleicht nur ein Traum war und ich in Wirklichkeit noch immer schlafend vor dem Schuhschrank lag.

»Hier entlang, Frau Shibata!«, riss mich eine Stimme aus den Gedanken.

Ja, ich habe Sie gehört, Herr Higashinakano, dachte ich und warf ihm einen vernichtenden Blick zu, doch vor mir stand nicht Herr Higashinakano, sondern der Projektleiter der technischen Abteilung. Es dauerte einen Moment, bis mir klar wurde, dass ich mich in der Papierrollenfabrik befand.

»Sie sehen erschöpft aus. Wollen Sie sich ausruhen?«, fragte er. »Falls Sie noch ein wenig durchhalten, wäre die nächste Station auch schon die letzte. Aber passen Sie auf, wo Sie hintreten. Überall stehen Maschinen herum.«

»Ja, alles okay«, sagte ich und blickte nach vorn, wo diesmal wirklich Herr Higashinakano vor einem schweren Plastikvorhang stand. Der Schutzhelm, der bei Fabrikbesichtigungen Pflicht war, war viel zu groß für seinen Kopf. Gleiches galt für die Gesichtsmaske, die verhindern sollte, dass wir Papierstaub einatmeten. Herr Higashinakano spähte durch den Vorhang und wippte aufgeregt mit den Beinen.

»Frau Shibata, das ist die Papierrollenmaschine«, sagte er euphorisch, aber ausnahmsweise nicht so laut.

»Ich weiß.«

»Verrückt! Sie dreht sich wirklich.«

Auch das weiß ich, sagte ich, ohne den Worten Ton zu verleihen.

Heute Morgen war ich ins Büro gekommen und hatte sofort einen heftigen Streit zwischen Herrn Higashinakano und einem Kollegen aus dem Vertrieb mitbekommen. Anscheinend war bei einer Lieferung, die Herr Higashinakano betreut hatte, das Papier nicht dick genug gewesen und die Rollen hatten sich verformt, als der Kunde seine Plastikfolie darauf aufwickeln wollte. »Wie machen Sie das wieder gut?«, hatte der Vertriebler geschimpft. Ausnahmsweise gab Herr Higashinakano mal nicht nach. »Ich habe Ihnen die Spezifikation gezeigt, bevor ich sie an die Fertigung geschickt habe«, entgegnete er stur. »Warum haben Sie da nichts gesagt?« Die Fronten verhärteten sich so sehr, dass der Abteilungsleiter ein Machtwort sprechen musste und die beiden dazu verdonnerte, in die Fabrik zu fahren und mit dem Zuständigen vor Ort eine Lösung zu finden. Aus irgendeinem Grund sollte ich auch dabei sein. Eine lästigere Aufgabe hätte ich mir nicht vorstellen können.

Bis wir die Fabrik erreicht hatten, wechselten der Vertriebler und Herr Higashinakano kein Wort miteinander. Als Herr Higashinakano in der vollen Bahn auch noch das Gleichgewicht verlor und ihm aus Versehen auf den Fuß trat, trat er absichtlich zurück. Bei dem Anblick wurde mir fast schlecht. Das einzig Erfreuliche waren der große Fluss und die Terrassenfelder, die ich aus dem Fenster der Bahn sehen konnte, als wir die Stadt verließen.

Vor Ort wurde schnell klar, dass die Schuld an der Fehllieferung zu gleichen Teilen bei dem Vertriebler und Herrn Higashinakano lag. Schlecht gelaunt wies der Kollege aus dem Vertrieb unseren technischen Projektleiter an, es irgendwie möglich zu machen, die richtige Ware bis übermorgen zu liefern. Dann machte er sich davon, weil er angeblich noch einen Termin hatte. Herr Higashinakano nahm sich das Ganze so zu Herzen, dass er erst aufhörte, sich zu entschuldigen, als man ihn mehrmals ausdrücklich darum bat. Nachdem wir alles besprochen und sichergestellt hatten, dass diesmal nichts schieflaufen würde, fragte uns der technische Projektleiter, ob wir uns bei dieser Gelegenheit nicht einmal durch die Hallen führen lassen wollten. Wir waren für die Arbeit zwar ab und zu hier, hatten aber nie genug Zeit, um uns alles in Ruhe anzusehen. Bei dem Vorschlag hob sich Herrn Higashinakanos Stimmung sofort merklich. Er legte die vorgeschriebene Schutzkleidung an, steckte seine Hände in die Taschen der übergroßen Jacke und schlenkerte vergnügt mit den Armen.

Die Fabrik wirkte so schläfrig wie bei meinem ersten Besuch. In einem großen Raum, der an eine Schulsporthalle erinnerte, gingen zehn Männer in grünen, unterschiedlich stark ausgeblichenen Arbeiteranzügen schweigend ihrem Werk nach. Sie wirkten wie Modellfiguren. An der Wand hingen ein großes Poster mit dem Betriebsmotto »Berichten, Informieren, Konsultieren« und ein Fahrplan für den Shuttlebus, der die Fabrik mit dem Bahnhof verband.

Ich ließ Herrn Higashinakano, der eine Maschine bestaunte, am Eingang zurück und drang ins Innere der Halle vor, wobei ich herumliegenden Werkzeugkästen auswich und auf unvermittelte Stufen achtete. Die Arbeiter hatten gerade das schleifenförmig zugeschnittene Rohpapier in die Aufwickelmaschine gelegt und justierten jetzt den Winkel. Hier und da war der Lack von den Geräten abgeblättert und auf den Beschlägen entdeckte ich dünne Staubschichten. Ich berührte den Papierstreifen, der ganz außen lag. Die graue Pappe gab nach, als ich sie leicht mit dem Finger eindrückte. Dabei knarrte sie leise wie die Scharniere einer rostigen

Schaukel, doch das Geräusch wurde vom allgemeinen Maschinenlärm verschluckt.

»Gleich geht es los.«

Der technische Projektleiter wies mich an zurückzutreten. Zwei Arbeiter riefen sich etwas zu, machten ein Handzeichen und die Maschine fing an, dumpf zu vibrieren.

Langsam und wie von Geisterhand bewegt liefen die Schleifen mit fieberhaftem Zittern vorwärts. Weder wurden sie bunt bemalt, noch tanzten sie rhythmisch über die Maschine, sie wurden nur eingezogen, zugeklebt, durch mehrere Roller geschickt und von einem Eisenstab – einem sogenannten Spanndorn – aufgewickelt. So ging es in einem fort. Einziehen, Plätten, weiter. Durch die Dachluke fiel ein einziger Lichtstrahl, den jede Schleife passierte. Mit viel Phantasie konnte man sich vorstellen, das Ganze sähe wie Filmband aus, das einen Projektor durchlief, doch da hörte der Vergleich bereits auf. Wir bekamen kein herzzerreißendes Drama und keine nervenaufreibende Action zu sehen, nur Papier, das eingezogen und aufgewickelt wurde.

Wie monoton, dachte ich. Schon zu Schulzeiten hatte ich bei solchen Besichtigungen immer auf einen Fehler gehofft. Ein einziger deformierter Sitzgurt, ein schief gebundenes Buch, ganz egal. Ich hätte sehen wollen, wie in einem monströsen System eine Naht aufplatzte, wie sich ein Riss durch etwas zog, das unveränderlich schien. In großen Fabriken wurde aber meist viel Geld in die Anschaffung und Instandhaltung von Maschinen gesteckt, weshalb meine Chancen schlecht standen.

Hier machte ich mir erst gar keine Hoffnungen. Es wurden immer weiter Hohlräume gefertigt. Solange es keinen Stromausfall gäbe und alle Maschinen anhalten würden, bekäme ich keine Abweichung von der Norm zu sehen. Ich konnte nachvollziehen, warum sich meine Kollegen damals bei unserer ersten Besichtigung so gelangweilt hatten, denn der Prozess war eigentlich vollkommen uninteressant.

Aber, dachte ich, wie schon zuvor, es hatte etwas von einer Beschwörung. Die Schleifen rannten immer weiter. Wenn es jemand darauf anlegte, sie zu berühren, würden sie ihm die Finger abschneiden. So unnachgiebig waren sie. Sie ließen sich nicht beirren, rissen ohne Atempause die nächste Schleife mit, um langsam eine Schicht zu bilden. Das Ganze war nicht spektakulär genug, um es Magie zu nennen, nicht modern genug, um wirklich beeindruckt davon zu sein, doch es hatte etwas von der Unversöhnlichkeit und Eindringlichkeit einer Beschwörung. Wie wenn Worte neue Worte schufen und irgendwann eine Geschichte das Licht der Welt erblickte. Still, bescheiden, fromm. Ein Hohlraum war gut, fand ich. Ich würde ihn mit Erzählungen füllen. Und so wurde in der dämmrigen Werkhalle der Bann weitergesponnen.

Zum Schluss wurden die Rollen zugeschnitten und bekamen, je nach Produkt, an ihren Enden Eisenringe oder spezielle Deckel und Böden eingesetzt. Die kleineren Rollen würden das Kernstück von Frischhaltefolie bilden oder zu Teebehältern werden, die größeren fänden in der Industrie Gebrauch. Es schien einen enormen Bedarf an Papierrollen zu geben, also würden weiter Schleifen durch diese schummrige Produktionshalle laufen.

Als wir die Jacken zurückgegeben hatten und wieder draußen waren, schienen alle Partikel der Luft von Licht und Geräuschen erfüllt zu sein. Herr Higashinakano war am Telefon, um ein Taxi zu bestellen. Bis zur nächsten Station war es so weit, dass nur der Shuttlebus für Angestellte, den wir auf dem Hinweg genommen hatten, oder ein Taxi in Frage kamen. Ich setzte mich auf eine Bank und nahm den Geruch von Erde wahr. Meine schwarze Jacke zog gierig die Hitze an, also legte ich sie ab und krempelte die Ärmel meines Kleides hoch. Auf der anderen Seite der breiten Straße sah ich eine Frau mit Kopftuch auf einem Feld, die etwas aussäte.

»Toll, dass wir die Fabrik besichtigen konnten.«

Herr Higashinakano war zu mir gekommen und sprach leise.

»Ja«, gab ich knapp zurück, während ich einen Gemüsesaft trank, dessen Verpackung in dieser Fabrik hergestellt worden war.

Am Ende der Besichtigung hatte uns der technische Projektleiter noch von neuen Produkten und Sonderanfertigungen erzählt, bevor er uns einen Berg an Mustern und Mitbringseln in die Hände gedrückt hatte. »Richten Sie den Kollegen in der Zentrale aus, dass sie öfter in die Fabrik kommen sollen«, hatte er gesagt und uns die Hände geschüttelt.

»Aber für Sie muss es anstrengend gewesen sein mit den engen Gängen und den vielen Treppen. Im Mai ist es doch schon so weit, oder? Sie sind jetzt bestimmt regelmäßig beim Arzt, um sich untersuchen zu lassen«, sagte Herr Higashinakano.

»Ja, das stimmt. Sie kennen sich aber ganz schön gut aus mit Schwangerschaften, Herr Higashinakano.«

Die ungewöhnlich dicken Gläser seiner Brille spiegelten das Sonnenlicht.

»Wir können keine haben, deshalb …«, sagte er. »Kinder, meine ich. Meine Frau und ich haben uns intensiv über Schwangerschaften und Geburten informiert. Wir stellen uns oft vor, wie es wäre, ein Kind zu haben, wie schön es wäre.«

Sie sind also verheiratet, wollte ich sagen, bekam aber keinen Ton heraus. Meine Überraschung glich einem Bild diffuser Farben.

»Ich habe Sie die ganze Zeit über ein wenig beneidet«, fuhr Herr Higashinakano fort. »Natürlich ist es körperlich sehr anstrengend, und, nun ja, ich habe gehört, dass Sie alleinstehend sind … Bitte verzeihen Sie! Ich weiß, es ist unverschämt, die Nase in die Privatsphäre anderer Leute zu stecken, aber meine Frau und ich sprechen oft über Sie. Wir finden es toll, dass Sie Ihr Kind auch allein zur Welt bringen möchten und so stark sind, auch wenn es sicherlich nicht immer einfach ist. Wir haben vor mehreren Jahren entschieden, es aufzugeben. Danach ging es uns besser. Trotzdem kommt manchmal noch Wehmut auf.«

Herr Higashinakano sprach weiter. Er erzählte von seinem Erstaunen über die hohen Kosten von Unfruchtbarkeitsbehandlungen, von seiner Frau, die sehr unter dem Prozess und den Medikamenten gelitten hatte, von den Streitereien, zu denen es jedes Mal gekommen war, wenn er zu ihr gesagt hatte, Sie müsse das nicht machen. Einmal hatte es sogar geklappt und seine Frau war schwanger geworden, doch sie hatte das Kind kurz danach verloren. Ihren Eltern hatten sie nichts erzählen wollen. Herr Higashinakano redete viel flüssiger als bei der Arbeit. Kennengelernt hatte er seine Frau im Chor in der Universität. Ich fragte mich, ob sie wohl das rapsgelbe Hemd ausgesucht hatte, das er an jenem verschneiten Tag zur Arbeit getragen hatte. Wie hatte er sich wohl gefühlt, als er damals die ganzen Namensvorschläge für mein Kind auf einen Zettel geschrieben hatte?

»Aber jetzt habe ich wirklich zu viel geredet! Verzeihen Sie! Danke, dass Sie heute mitgekommen sind.«

»Keine Ursache. Ich habe mich gefreut, mal wieder die Fabrik zu sehen.«

»Es steht mir nicht zu, so etwas zu sagen, weil es ja auch mein Fehler war, aber«, sagte Herr Higashinakano und zog eine der hellgrauen Rollen mit der falschen Papierstärke aus seinem Rucksack, »eigentlich haben doch alle Papierrollen ganz anständig ausgesehen, oder? Selbst wenn sie nicht zu hundert Prozent dem entsprochen haben, was der Kunde wollte.«

Der technische Projektleiter hatte Herrn Higashinakano auch die Rolle mit der falschen Stärke als Andenken mitgegeben. Unter der Sonne im späten März wirkte sie ein bisschen instabil, aber nicht nutzlos. Ich wusste nicht, was ich Herrn Higashinakano antworten sollte. Hätte der Vertriebler ihn gehört, wäre er sicherlich sehr erbost.

Zwischen den Häusern am Ende der Straße sah ich etwas aufblitzen. Ein Auto kam auf uns zu, bestimmt das Taxi.

»Wollen Sie mal meinen Bauch anfassen?«, fragte ich.

»Was? Oh, nein, nein! Sie sind in so einer wichtigen Phase!«, wehrte Herr Higashinakano vehement ab, zog aber gleichzeitig ein Tuch hervor, mit dem er sich sorgfältig die Hände abrieb. Er machte eine Faust, öffnete sie wieder, steckte das Tuch zurück in seine Tasche, nur um es erneut hervorzuholen und mit allem von vorn zu beginnen. Dabei machte er keinerlei Anstalten, meinen Bauch anzufassen.

Das Taxi war schon ganz nah. Ich sah hinter der Windschutzscheibe ein Seehundstofftier baumeln. »Jetzt beeilen Sie sich!«, drängte ich und streckte meinen Bauch heraus. »Das Taxi kommt!«

»Ja … Also … Na dann …«

Eine spröde Hand, so klein wie die eines Kindes, legte sich behutsam über den Stoff des Kleides auf meinen Bauch. Ich spürte ihre Wärme. Mittlerweile stopfte ich mir nichts mehr unter die Kleidung.

»Ah! Es hat sich bewegt! Es hat getreten! Ich fasse es nicht! Ein echtes Kind!«

Seine Stimme bebte. Das Taxi kam vor uns zum Stehen und die Plastikaugen des Seehundstofftiers funkelten mich an.

In letzter Zeit regte es sich häufiger in meinem Bauch.

VIERUNDDREISSIGSTE WOCHE

Als die Klatschsendung schon wieder einen Beitrag über die Affäre eines bekannten Schauspielers brachte, ging ich auf den Balkon und hängte Wäsche auf. Lauwarmer Wind umspielte mein Gesicht und meine Waden. Die Kirschbäume in der Allee auf der gegenüberliegenden Seite des Flusses waren zur Hälfte wieder verblüht, aber ich hatte gehört, hinter dem Schrein würden sie erst diese Woche in voller Blüte stehen. »Das Beste an Kirschblüten ist, dass sie geruchlos sind, obwohl sie so schön aussehen. Würden sie so penetrant wie die Süße Duftblüte riechen, käme niemand auf die Idee, darunter etwas zu essen oder zu trinken«, hatte Hoyalein letzte Woche nach dem Aerobickurs angemerkt.

Vielleicht sollte ich auch eine kleine private Blütenschau machen, dachte ich, während ich meine Socken aufhängte. Mit dem, was ich im Kühlschrank hatte, könnte ich eine Lunchbox zubereiten. Wenn ich die Wäsche aufgehängt und das Bad geputzt hätte, würde ich mich ans Werk machen, beschloss ich. Mutterschutz war eine geschäftigere Zeit als erwartet.

Vorgestern, am ersten April hatte meine freie Zeit vor der Geburt begonnen. Ursprünglich war die Woche darauf vorgesehen gewesen, aber die Personalabteilung hatte mir empfohlen, gleich zu Beginn des neuen Geschäftsjahres freizunehmen, weil ich noch Urlaub hatte. An meinem letzten Arbeitstag hatte mir Herr Higashinakano als Glücksbringer tausend gefaltete Papierkraniche überreicht. Den ersten freien Tag hatte ich mit Haushalt und meinen gewöhnlichen Beschäftigungen an Ruhetagen verbracht, bis mir am Abend aufging, dass das hier keine normalen Ruhetage waren. Es war Sonderurlaub vom Feinsten.

Gestern, am zweiten Tag, hatte ich mich mittags nach dem Putzen zu Fuß auf den Weg zu einem chinesischen Restaurant mit gutem Essen gemacht. Der Laden war etwas weiter entfernt, weshalb ich nur ein einziges Mal dort gewesen war. Obwohl ich genau die Mittagszeit erwischt hatte, war kein einziger Anzugträger im Restaurant. Hinten schlürfte ein altes Ehepaar mit vornehmer Haltung ihre Nudelsuppen und am Tresen aß ein Mann oder eine Frau – ich konnte es nicht genau sagen – zu einem Bier eingelegtes *Tsa Tsai*. Mein *Mapo Tofu* war mit Sichuanpfeffer anstatt mit Chili gewürzt und schmeckte köstlich. Nach dem Essen bestellte ich mir ein alkoholfreies Bier.

Für die anstehende Geburt und die Zeit danach mussten noch einige Vorbereitungen getroffen werden. Nach dem Restaurantbesuch hatte ich mich abends für einen Geburtsvorbereitungskurs angemeldet, was längst überfällig war, denn bei den Kursen in meiner Gegend wurden Frauen nur bis zur sechsunddreißigsten Schwangerschaftswoche genommen.

Seit letztem Monat nahm ich laut der Waage im Fitnessstudio wieder in einem atemberaubenden Tempo von fünfhundert Gramm pro Woche zu. Als ich mich heute, an meinem dritten freien Tag, dafür entschied, mich auf den Weg zu machen, um unter den blühenden Kirschen zu picknicken, war das nicht mehr bloß Spaß, sondern eine Maßnahme, um mich fit für die Geburt zu halten. Die Schwangerschafts-App empfahl mir, mehr zu Fuß zu gehen, außerdem warnte sie mich vor Verstopfung. Bevor ich die Wohnung verließ, zog ich mir ein Kleid von ZARA an – keine Schwangerschaftsmode, aber weit genug – und schlüpfte in meine Sneakers.

Schon die ganze letzte Zeit war wunderbares Wetter gewesen. Auch heute erstrahlte alles in einem gleißenden Licht. Es roch nach Wasser und ich spürte förmlich, wie der Fluss vor Leben strotzte. Die Wasseroberfläche spiegelte die Sonne so stark, dass es mich blendete, also wandte ich mich zur Straße hinter meinem Wohngebäude. Der ansteigende Weg mündete in einem makellos blauen Himmel, vor dem sich dicht die Kirschblüten drängten.

Hinter dem Schrein aß ich unter den Kirschbäumen meine Lunchbox. Als ich damit fertig war, ging ich wieder zum Zahnarzt. Ich konnte meine Termine jetzt auf vormittags und nachmittags legen, ganz wie ich wollte. Bis zur Geburt würden wir fertig sein, versicherte mir der Arzt.

Während ich an der Rezeption darauf wartete, für die Behandlung zu bezahlen, betrat eine schwangere Frau mit einem kleinen Mädchen an der Hand die Praxis und zog sich mühsam die bereitgestellten Pantoffeln an. Unsere Blicke trafen sich und dabei wurde zwischen uns mit solcher

Energie etwas ausgetauscht, dass ich mir vorstellte, so müsse es sich anfühlen, wenn Menschen mit einer Bluetooth-Funktion ausgestattet wären. Nachdem ich meine Rechnung beglichen hatte, verließ ich wortlos die Zahnarztpraxis und das Mädchen am Arm der Mutter starrte mir unverwandt auf den Bauch.

Am Abend wehte frischer Wind durchs Fenster herein. Ich trat auf den Balkon, um die Wäsche hereinzuholen. Der Himmel hatte sich violett verfärbt und die Wärme des Tages war scheinbar restlos vergessen. Von der kalten Luft bekam ich eine Gänsehaut. Ich sah auf der gegenüberliegenden Seite des Flusses sechs oder sieben Jungen mit Schulranzen die Allee entlanggehen. Sie mussten in der ersten oder zweiten Klasse sein. Grundschüler sah ich in letzter Zeit so selten, dass ich fast schon dachte, sie wären ausgestorben. Mir fiel auf, wie schmal die Schultern waren, auf denen sie ihre Ranzen trugen.

Die Kinder unterhielten sich so angeregt über etwas, als gäbe es kein interessanteres Thema auf dieser Welt. Mal gingen sie in einer Reihe an einem Blumenbeet vorbei, mal breiteten sie sich auf der ganzen Straße aus wie Amöben, die ständig ihre Gestalt änderten. Einer von ihnen trug ein kurzärmliges Hemd und eine kurze Hose.

Auch zu meiner Grundschulzeit hatte es in jeder Klasse so einen gegeben, immer nur genau einen, der selbst an den kältesten Wintertagen Sommerkleidung trug. Die Klassen wurden jedes Jahr neu gemischt, aber diese Kinder waren niemals in dieselbe gekommen. Ich fragte mich, ob die Lehrerinnen bei der Zusammenstellung darauf geachtet hatten und ob diese ehemaligen Mitschülerinnen jetzt, als Erwachsene, wohl lange Kleidung trugen, ob es sie traurig gemacht hatte, als sie zum ersten Mal den Arm in einen langen Ärmel hatten stecken müssen.

»Yamada ist schuld!«

Ein plötzlicher, aus dem Kontext gerissener Ausruf durchschnitt die Luft. Die Jungen liefen an meinem Balkon vorbei, nur mit dem Fluss zwischen uns. Mehrere von ihnen wiederholten den Satz.

Die Stimmen wurden immer lauter. »Yamada ist schuld, Yamada ist schuld!«, riefen die Kinder nun wie aus einem Mund. Der Satz wogte wie Wellen, war im Begriff, zu einer Sturmflut anzuschwellen, und ich konnte meine Augen und Ohren nicht von der Szene lösen. Wolkenfetzen jagten über den Himmel, der die Farbe einer fleckigen Banane angenommen hatte.

An der Kreuzung ebbte die Flut abrupt ab und die Kinder gingen wieder zu einer normalen Unterhaltung über. Sie bogen in eine Straße ein und ich verlor sie aus dem Blick. Meine Schultern entspannten sich, aber für eine Weile schaute ich weiter in die Richtung, in die sie verschwunden waren. Woran war Yamada wohl schuld und wer von ihnen war Yamada? Vielleicht war es auch niemand aus der Gruppe. Ich würde es nie erfahren. Zumindest wusste ich sicher, dass Yamada dort unten in ihren Köpfen gewesen war.

Als ich wieder zu mir kam, merkte ich, dass meine Schultern froren und die Nägel meiner nackten Füße in den Sandalen vor Kälte lila angelaufen waren.

»Tut mir leid. Dir muss ja ganz kalt sein«, sagte ich und ging mit der Wäsche in den Armen zurück in meine Wohnung.

SECHSUNDDREISSIGSTE WOCHE

»Oh! Es hat sich bewegt«, entfuhr es mir, als ich einen großen Schritt machte, um in den Bus zu steigen. Fast hätte ich mir dabei die Finger in meinem Regenschirm eingeklemmt, den ich gerade zuklappte.

»Alles in Ordnung? Brauchen Sie Hilfe?«

»Nein, danke. Geht schon«, antwortete ich dem Fahrer, erklomm behäbig den letzten Rest der Stufe und hielt mein elektronisches Ticket über den kontaktlosen Kartenleser. 210 Yen. Der Preis für einen einzigen Erwachsenen. Noch genügte das.

»Bitte halten Sie sich fest, wir fahren los.«

Ich sank in einen der Sitze, die älteren, schwangeren und behinderten Menschen vorbehalten waren, und der Bus fuhr mit starkem Vibrieren an. Straßen in einem diesigen Schleier aus Nieselregen zogen an mir vorbei, während mir kleine Füßchen unbeirrt gegen den Bauch traten. Süße, kleine Füßchen, seine Füßchen.

Das Schwierigste an dem Besuch beim Frauenarzt war der Empfang. Ich hatte die Praxis im Internet herausgesucht und nun beichtete ich der Arzthelferin, dass ich noch bei keiner einzigen Vorsorgeuntersuchung gewesen war. Das brachte mir sofort eine heftige Standpauke ein. Ob ich denn nicht wisse, wie wichtig es für eine sichere Geburt sei, sich regelmäßig untersuchen zu lassen? Dem hatte ich nichts entgegenzusetzen, also ließ ich ihre rügenden Worte mit reuevoll gesenktem Kopf über mich ergehen, bis mir eine ältere Arzthelferin zu Hilfe kam und mich ins Wartezimmer durchließ.

Als ich an der Reihe war, erwartete mich im Raum am Ende des Ganges ein Arzt in einem Samtsessel. Die Augen hinter der Brille waren so glasklar, dass sie mir beinahe durchsichtig vorkamen, und sein kurzes Haar war vollständig ergraut. Wie er da vor seinem altertümlichen Medikamentenschrank saß, erinnerte er mich eher an einen Bibliothekar als an einen Arzt. Vielleicht wollte er mir die Nervosität nehmen, weil er gehört hatte, dass es meine erste Untersuchung war, vielleicht war er auch einfach nur genervt über die Frau, die viel zu spät zu ihm kam, jedenfalls sah er auf meinen Bauch und sagte: »Ganz schön groß.« Er fragte, ob es meine erste Schwangerschaft sei, und ging zu Small Talk über. Ich erfuhr, dass sein Yorkshire Terrier regelmäßig in sein Bett pinkelte. Erst danach begann die Untersuchung.

Für den Ultraschall wurde das Licht ausgeknipst und ich musste mich hinlegen. Der Arzt trug kaltes Gel auf meinen Bauch auf, bevor er mit einem Gerät darüberfuhr.

»Seltsam«, sagte der Arzt und verfiel einen Moment lang in Schweigen. »Das Bild ist etwas undeutlich, aber ...«, sagte er und nahm einen Zeigestab in die Hand. »Hier, sehen Sie, das ist das Baby. Es sieht kerngesund aus und bewegt sich sehr rege.«

Ich drehte meinen Kopf um und da sah ich es. Etwas, das wie ein Mensch aussah. Meine Augen weiteten sich. Ich konzentrierte alle meine Gedanken auf meinen Bauch.

»Das ist das Kind?«

»Ja, Ihr Kind, Frau Shibata.«

Während er auf die verschiedenen Stellen des körnigen Bildes zeigte, erklärte mir der Arzt, was ich vor mir sah. »Das ist der Kopf, genauer gesagt der Hinterkopf, und das hier ist der Bauch. Ziemlich schlank! Hier der Po und die Beine ... Sehen Sie das? Können Sie es erkennen? Ah, jetzt hat es sich bewegt! Und das hier sind die Hände.« Ich wiederholte alles, was der Arzt mir sagte. Ganz behutsam.

»Der Kopf.«

»Der Bauch.«

»Der Po.«

»Die Beine.«

»Die Hände.«

Ich flüsterte die Worte langsam, als wäre es eine fremde Sprache, die ich noch nicht beherrschte, und dabei wurde das verschwommene Bild schärfer und die Gestalt nahm Konturen an. Es war, wie wenn sich ein Sturm legte, der die ganze Nacht lang gewütet und alles Mögliche mit sich gerissen hatte und nun den Blick auf einen geheimen Blumengarten freigab.

»Jetzt hat es sein Bein gekrümmt. Haben Sie das gesehen? Putzmunter. Oh, alles in Ordnung mit Ihnen?«

Verzeihen Sie, ich brauche einen Moment, wollte ich sagen, doch mir versagte die Stimme.

Da war das Baby. Mein Baby. Es hatte einen Platz in dieser Welt, hatte eine menschliche Gestalt angenommen, war entstanden. Es war einfach unglaublich.

»Ach, Frau Shibata. Das ist schon in Ordnung. Viele Mütter weinen, wenn sie ihr Kind zum ersten Mal sehen. Hier, nehmen Sie ein Taschentuch.«

»Vielen Dank.«

Ich schnäuzte mir laut die Nase, ohne den Blick auch nur eine Sekunde lang vom Bildschirm abzuwenden. Die Krankenschwester brachte mehr Taschentücher herein. Auf der Box waren Küken abgebildet. Kleine Vogelbabys.

Der Arzt drehte ein Rädchen am Bildschirm.

»Seltsam. Man sieht das Gesicht nicht richtig. Das Bild ist zwar schärfer geworden, aber das Gesicht bleibt noch verschwommen. Warten Sie kurz. Ich probiere eine andere Einstellung.«

»Nein, danke. Es reicht mir für heute. Dafür bin ich noch nicht ganz bereit.«

»Wie? Es reicht Ihnen?«

»Ich werde alles tun, damit ich sein Gesicht beim nächsten Mal sehen kann.« Ich wischte mir mit einem feuchten Tuch das Gel vom Bauch, stand auf und verließ das Zimmer.

Es war weder das Schwanken des Busses noch ein Erdbeben. Eine kleine Masse schaukelte mich von innen. Während Regentropfen die Erde tränkten, erhaschte ich aus dem Fenster kurze Blicke auf Haarschöpfe und Ladenschilder.

Ich sah mir das Bild, das Ultraschallbild, das ich eben erst zwischen die Seiten meines Notizblocks geklemmt hatte, noch einmal an. Als man mir am Empfang die Kosten für die Untersuchung mitgeteilt hatte, war der Arzt herbeigeeilt und hatte es mir gegeben. Weißes Licht in meinem Bauch. Kleine Händchen, die etwas greifen wollten, runde Füßchen, die es nicht erwarten konnten, ihre Abdrücke zu hinterlassen.

Dieser Schmerz war dann wohl der Preis dafür, immer mehr Worte zu erfinden und einen anderen Menschen zu erschaffen.

Es tat unglaublich weh. Etwas drückte von innen auf meine Organe, meine Lunge, zerrte an meinen Knochen. Ich krümmte mich, rieb mir über dem Stoff des Kleides wieder und wieder die Arme.

»Alles in Ordnung? Kann ich Ihnen irgendwie helfen?«

Mir war der Angstschweiß ausgebrochen. Ein schwaches Kopfschütteln war alles, was ich dem älteren Herrn auf dem Platz neben mir entgegenbringen konnte.

SIEBENUNDDREISSIGSTE WOCHE

»In der siebenunddreißigsten Woche hat das Baby die Länge von Spinat, einschließlich der Stiele.«

Ich blickte von meinem Handy zum Kühlschrank, erinnerte mich aber, dass ich nur japanischen Senfspinat zu Hause hatte. Der normale war zu teuer gewesen. Ich ließ mich in mein Sofa sinken. Hunger hatte ich zwar, aber bei dem Gedanken ans Kochen, an den Geruch von gebratenem Fleisch und ein vom Essensdampf weiß beschlagenes Fenster spürte ich, wie mir Magensäure die Speiseröhre hochkroch.

Die Schmerzen und die Übelkeit wollten einfach nicht aufhören. Schon vor einer Weile hatte ich manchmal Bewegungen und einen schweren Druck auf meinen Hüften gespürt, aber beides war seit dem Besuch beim Frauenarzt letzte Woche unerträglich stark geworden. Es fühlte sich an, als drücke jemand permanent auf meine Eingeweide. Ich war ständig außer Atem und manchmal wie gelähmt.

Der Kleine schien keine Ahnung von meinen Plänen zu haben. Sobald ich schlafen wollte, fing er an zu treten, und wenn er davon genug hatte, schlug er Purzelbäume und hämmerte auf mich ein. Als ich vorsichtig versuchte, den

Ausgang meiner Blase und den Muttermund zu berühren, tat das so sehr weh, dass ich keine Luft mehr bekam. In meiner Amazon-Prime-Zeit hatte ich in einem Mafiafilm gesehen, wie einem Menschen ohne Betäubung der Unterleib aufgeschnitten und die Organe zerdrückt worden waren. Jetzt wusste ich, dass man nach derartiger Folter nicht erst in Filmen suchen musste. Morgen stand wieder eine Vorsorgeuntersuchung an, aber ich war mir nicht sicher, ob ich es in den Bus und bis zur Praxis schaffen würde. In meinem Innern regte sich ein Mensch mit einem klaren Umriss, und mein Körper schien zu einem Ort geworden zu sein, den ich nicht mehr kannte.

»Ist es dir auch so ergangen?«, hatte ich Chiharu letztens gefragt. Auch nach meiner ersten Vorsorgeuntersuchung schaffte ich es mit viel Anstrengung noch ab und zu ins Fitnessstudio.

»Bei mir war die schlimmste Zeit am Anfang der Schwangerschaft, aber manche Frauen trifft es auch am Ende«, sagte Chiharu. »Und sei bloß auf der Hut vor dem Baby Blues, Shibi. Wochenbettdepressionen sind nicht ungewöhnlich.« Sie zeigte mir auf ihrem Handy die Seite einer staatlichen Beratungsstelle.

»Solche Stellen helfen bei allen Fragen rund um das Kinderkriegen und die eigene körperliche und geistige Gesundheit. Natürlich kannst du auch immer zu mir kommen, aber manchmal ist es leichter, sich einem Fremden anzuvertrauen.«

Eine Ohrklemme hatte unter Chiharus perfekt gestyltem Bob hervorgeguckt.

Ein gezielter Schlag auf die Harnblase ließ mich aufstöhnen. Sitzen wurde unerträglich, also fing ich an, im Zimmer auf- und abzugehen. Liebend gern hätte ich ein Schmerzmittel geschluckt, aber ich hatte nur Loxoprofen da und das durfte man ab zwölf Wochen vor der Geburt nicht mehr einnehmen.

Mehrere Stunden hatte ich, immer noch unter Schmerzen, versucht zu schlafen, aber durch die Tritte blieb ich hellwach. Ich schnappte meine Sandalen und brach zu einem Spaziergang auf.

Als ich die Außentreppe meines Apartmentgebäudes hinabstieg und in den Himmel blickte, entdeckte ich tief am südlichen Firmament einen feuerroten Stern. Ob der gerade verglüht, fragte ich mich, und machte auf jedem Treppenabsatz halt, um mich zu vergewissern, dass er noch da war. Draußen überquerte ich den Fahrradstellplatz und kam auf der Straße hinter meinem Gebäude heraus. Die Handyuhr zeigte kurz vor Mitternacht.

Nachdem ich ein kurzes Stück am Fluss entlanggegangen war, drehte ich wieder um und steuerte auf die ansteigende Straße hinter meiner Wohnung zu, die am Schrein vorbeiführte. Diesen Weg kannte ich gut von meiner Walking-Strecke. Sofort musste ich nach Luft schnappen. Ich konnte kaum glauben, dass dieses asthmatische Pfeifen mein eigener Atem sein sollte. Egal, dachte ich, und ging weiter. Durch die Baumwollhose, die ich zum Schlafen trug, strich die Nachtluft über meine Haut.

Oben wurde die Straße wieder eben und ich erreichte

das Wohngebiet, in dem ich bei meinem ersten Spaziergang nach der Arbeit die Schwangere getroffen hatte, der es nicht gut gegangen war. Diese Gegend hatte ich beim Walking schon oft durchquert, aber noch nie so spät. Der grell erleuchtete Getränkeautomat strahlte die einzige Lebenskraft auf der menschenleeren Straße aus.

Ich bog an einer Ecke ab und blieb abrupt stehen. Am Ende der Straße stand etwas oder jemand hinter einer Anschlagtafel direkt gegenüber von einem besonders imposanten Haus, bei dem ich mir im Vorbeigehen jedes Mal dachte, dass die Bewohner reiche Grundeigentümer sein mussten. Es war ein Mensch. Er stand auf der Stelle, bewegte sich aber. Rhythmisch wippte die Person nach oben und unten, vorne und hinten. Warum laufe ich hier immer merkwürdigen Leuten über den Weg, fragte ich mich und ging weiter. Die Tritte in meinem Bauch schienen mich auf die Person zuzutreiben.

Die Beine der Person gaben federnd den Takt vor, ihr Becken hob und senkte sich ganz leicht, die Arme, in denen sie etwas Großes umschlungen hielt, wiegten fast unmerklich nach rechts und links. Sie sah aus, als tanzte sie zu einer endlosen Melodie, die nur in ihren Ohren spielte. Es hatte etwas Rituelles. So ungefähr stellte ich mir einen Regentanz vor, auch wenn ich noch nie einen gesehen hatte.

Die Person, jetzt erkannte ich, dass es eine Frau war, wirkte unheimlich erschöpft. Ab und zu nahm sie eine Hand von dem großen von Stoff bedecktem Etwas in ihren Armen, drückte den Rücken durch, massierte ihre Hüften und Schultern und rieb sich die Augen, wonach sie sofort in ihre Ausgangsposition zurückkehrte. Und wieder ging das Wippen los, beinahe so, als wiegte sie ein Baby in den Schlaf. Dann erkannte ich, dass sie genau das tat.

Sie drehte sich um und ihr schmales, weißes Gesicht setzte sich stark vom Dunkel der Nacht ab.

»Shibi.«

Ich kannte diese Stimme gut, auch wenn sie jetzt so heiser klang, als hätte sie eine Erkältung lange verschleppt. Es war die Intonation oder Aussprache, die sie unverkennbar machte, besonders wenn sie den Spitznamen sagte, den sie mir selbst gegeben hatte.

»Hosono!«, sagte ich. »Mensch, dass wir uns hier treffen ...«

»Du machst um diese Uhrzeit noch einen Spaziergang, Shibi? Alle Achtung.«

Hosono kniff die Augen zusammen. Ihr sowieso schon schmales Gesicht wirkte nun verschwindend klein.

»Es ist ewig her, seit wir uns das letzte Mal gesehen haben«, meinte Hosono. »Wie geht es dir? Und was machen die anderen vom Aerobic? Ich glaube, ich habe Löckchen letztens aus dem Bus gesehen. Futtert Gachiko immer noch so viel?«

»Ja, tut sie. Vorgestern hat sie süßen Zwieback mitgebracht und die ganze Zeit daran geknabbert.«

»Ach wirklich«, sagte Hosono und versuchte sich an einem Lachen, bekam aber einen so starken Hustenanfall, dass ich Angst hatte, ihr zierlicher Rücken würde daran zerbrechen. Mit dem Wippen machte sie eisern weiter. Auf und ab, auf und ab in einem mir unbekannten Rhythmus, das

Tragetuch wie einen Harnisch vor die Brust gespannt. Selbst als die Kniestrümpfe an ihren erschöpften Waden langsam herunterrutschten, hörte sie nicht auf. Da sie sich unablässig bewegte, hatte ich mir das Baby noch nicht richtig ansehen können.

»Tut mir leid, dass ich so furchtbar klinge«, entschuldigte sie sich, nachdem sie sich wieder gefangen hatte. »Sag mal, Shibi, du bist doch auch ganz bald dran, oder? Wie fühlst du dich? Eine ganz schön anstrengende Zeit, was?«

»Hosono.«

»Ja?«

»Nochmals alles Gute zur Geburt.«

»Danke«, murmelte sie und es kam mir vor, als bekäme sie glasige Augen. Genau konnte ich es nicht sagen, denn in diesem Moment schoss mir ein dumpfer Schmerz durch die Hüften, der mich vornüberbeugen und kurzzeitig die Luft anhalten ließ. Als ich mich wieder aufrichten konnte, blickte Hosono zu Boden und ich konnte weder ihr Gesicht noch das des Kindes im Tragetuch erkennen.

»Deine Geburt war im März, oder?«, fragte ich.

»Ja.«

»Verrückt. Du hast es wirklich geschafft und das Kind zur Welt gebracht. Respekt. Noch einmal herzlichen Glückwunsch. Es ist ein Mädchen, oder? Wir haben uns zusammen die Fotos angesehen, die du Kiku geschickt hast, und alle fanden das Baby total süß.«

»Danke.«

Hosono wiegte das Kind weiter. Einmal änderte sie die Position ihrer Hände, sah aber nicht auf. So genau wie jetzt hatte ich sie noch nie betrachtet. Ihre dünnen Arme und die Handgelenke mit den runden vorstehenden Knöcheln sahen eher wie die einer Teenagerin aus als wie die einer Mutter. Ich fragte mich, wie Hosono in ihrer Schulzeit gewesen war.

Im Haus der Grundeigentümer ging im Erdgeschoss das Licht aus. Es war schon April, aber nachts kühlte es noch ziemlich ab. Ich rieb mir die Beine und bereute es, keine Socken angezogen zu haben.

»Du«, setzte ich an, »es ist schon fast Mitternacht. Ich gehe spazieren, weil ich nicht schlafen kann, aber was ist mit dir? Dir muss doch kalt sein und bestimmt macht sich dein Mann Sorgen.«

»Ja.«

»Hosono?«

Hosonos Brust hob und senkte sich mehrmals langsam. Ich nahm ein leises Zischen wahr, wie wenn Luft durch einen halbgeschlossenen Mund entweicht. Jetzt konnte ich endlich einen guten Blick auf das Baby im Tragetuch erhaschen. Die Wangen des Mädchens wirkten weicher als frisch geschlagene Sahne, ihr friedlich schlafendes Gesicht, an die Brust der Mutter geschmiegt, wusste noch nichts von der Traurigkeit und dem Leid dieser Welt.

»Wenn ich sie auf dem Arm habe, ist alles gut.«

Nachdem auch im ersten Stock des großen Hauses die Lichter ausgegangen waren, fing Hosono wieder an zu sprechen, so behutsam, als übte sie die Laute einer Fremdsprache. Sie wippte weiter, als würde etwas Furchtbares passieren, wenn sie auch nur für einen Moment aufhörte.

»Sie ist süß. Ich liebe sie. Sie ist mein Schatz. Wirklich. Ungelogen. Babys sind total süß.«

»Ja, das stimmt.«

»Genau. Es stimmt. Da sind sich alle einig!«

Hosono spannte ihre Arme an, hob den Kopf und plötzlich platzte es in dieser Frühlingsnacht aus ihr heraus.

»Alle sagen dasselbe: ›Wie süß. Du musst so glücklich sein. Sie hat deine Augen.‹ Nein, hat sie nicht! Sie heult ja die ganze Zeit, da kann man ihre Augen gar nicht richtig sehen! Na gut, als ich nach der Geburt noch bei meinen Eltern war und meine Mutter sie gehalten hat, habe ich schon manchmal gedacht, dass sie mir ähnlich sieht, so von der Seite. Aber was glaubst du, ist los, seit wir wieder hier sind? Heulen ist ihr Normalzustand. Sie weint immer und überall. Oder nicht ganz, sie schläft auch. Sie schläft viel, zwar mit ständigen Unterbrechungen, aber sie schläft. In der Zeit muss ich aber die Babyflasche abwaschen, damit sie rechtzeitig wieder trocken ist, und den Haushalt schmeißen. Ich verstehe nicht, wie das andere machen. Sind das alles Superfrauen? Putzen sie mit Baby auf dem Arm und hängen sie so die Berge an Wäsche auf, die sich ansammeln? Es ist, als hätte sie einen Knopf am Rücken. Sobald ich sie in ihr Kinderbett lege, fängt sie zu brüllen an. Was soll das denn? Sie kann sich der Schwerkraft nicht entziehen, warum hasst sie es dann so sehr zu liegen? Wurde sie in einem früheren Leben etwa im Schlaf ermordet? Wie auch immer. Sie kann ja nichts dafür. Yuri verzeihe ich alles. Ach ja, Yuri heißt sie übrigens. Wir beide sind eins. Yuri ist eine Erweiterung, ein Teil von mir. Ich weiß, dass das irgendwann nicht mehr so sein wird, und das ist in Ordnung, sie wird trotzdem mein Schatz bleiben. Das eigentliche Problem ist mein Mann. Was denkt der sich? Wenn Yuri nachts weint, ist er genervt und sagt, er müsse morgens früh raus. Oder noch schlimmer! Er lässt heraushängen, dass er innerlich kocht, seinen Ärger aber ganz tapfer herunterschluckt. Es macht mich verrückt, wenn er so tut, als sei er geduldig und verständnisvoll. Warum um Himmels willen hilfst du mir dann nicht einmal am Wochenende? Warum stehe ich mitten in der Nacht hier draußen mit Yuri auf dem Arm? Hör auf, immer so demonstrativ zu seufzen, verdammt noch mal! Mach keinen Aufstand, nur weil du sie ein einziges Mal ins Bett gebracht hast! Gib nicht mit den viel zu großen Kinderklamotten an, die du im Babyladen gekauft hast, als du mir eigentlich Schweißtücher für Yuri hättest mitbringen sollen! Vergiss zumindest nicht die Tücher! Wie gern würde ich auch mal dreißig Minuten am Stück schlafen.«

In der Straße hinter uns wurden mit einem Knall zwei Fenster hintereinander geschlossen. Hosono schien das kalt zu lassen. Sie unterbrach ihren Redeschwall erst, als eine kleine, süßliche Stimme an ihrer Brust hörbar wurde.

»Uäh, uäh … «

Wir erstarrten. Im Licht der Straßenlaterne erkannte ich, wie Hosonos Gesicht noch blasser wurde, als es sowieso schon war. Stumm blickte sie auf das dunkelgrüne Tragetuch. Sogar in meinem Bauch spürte ich die Anspannung.

»Uäh, uäh, uäh, uh … «

Dann war wieder der friedliche Atem einer Schlafenden zu hören. Hosono stieß einen erleichterten Seufzer aus und kehrte zum Wippen zurück. Es fühlte sich an, als wären Jahre vergangen, seit ich meine Wohnung verlassen hatte.

»Das war knapp«, bemerkte sie und verstummte. Ich schwieg auch, denn mir fiel nichts ein, was ich ihr hätte sagen können. »Es ist schon spät, ich muss dann mal« war jedenfalls keine Option. Wir waren jetzt zusammen in dieser Situation gefangen.

»Dein Mann kam mir eigentlich immer sehr nett vor, Hosono«, setzte ich vorsichtig an.

Ich rief mir die Unterhaltungen in der Lounge ins Gedächtnis.

»Meintest du nicht, er sei oft zu den Untersuchungen mitgekommen und hätte im Haushalt geholfen, als du dich in der ersten Zeit ständig übergeben musstest?«

Hosono kratzte sich zwei, drei Mal an der Wange, aber vermutlich nicht, weil es sie juckte. Die Bewegung rückte ihre dünne Hand und die vorstehenden Knochen noch schmerzlicher ins Licht.

»Manchmal hilft er schon, aber in letzter Konsequenz ist er ein Fremder.«

»Ein Fremder?«

»Seine einzige Leistung war sein Samenerguss, oder? Danach hat er bloß zugeguckt, wie mein Bauch größer wurde, wie ich mich übergeben musste, mich nicht mehr bewegen konnte und irgendwann das Kind zur Welt gebracht habe. Dabei hat er mir ab und zu Mut zugesprochen. Gut, als er bei der Entbindung dabei war, hat er geweint, aber letztendlich hat bloß sein Sperma dazu beigetragen, einen Menschen zu schaffen. Mehr hat er nicht geleistet. Mir ist klar, dass es biologisch nur Frauen möglich ist, ein Kind auszutragen, aber jetzt ist Yuri da. Mit Ausnahme vom Stillen sind unsere Bedingungen gleich. Doch der werte Herr meint, er bräuchte Zeit, um in die Rolle des Vaters zu wachsen. Geht es noch? Du bist schon seit zehn Monaten Vater. Hast du da etwas verpasst? War die Zeit für dich nur ein kleiner Ausflug? Du redest dich immer mit der Arbeit heraus, aber ich habe, beziehungsweise hatte, ebenfalls eine Arbeit, auch wenn sie schlechter bezahlt war als deine. Natürlich muss sich jemand um das Kind kümmern, aber das könntest auch du tun. Es müsste ja nicht sofort sein, aber hast du auch nur eine Sekunde lang daran gedacht, dir selbst freizunehmen und mich arbeiten zu lassen? Wieso forderst du, dass ich dir unendlich dankbar bin, nur weil du ein einziges Mal die Windeln gewechselt hast? Kannst du dir vorstellen, wie erschöpft ich bin? Oder ist das in deinem Weltbild eben so bei einer Mutter? Kann mein Mann überhaupt begreifen, wie ich mich fühle? Mein Mann, der zwanzig Zentimeter entfernt von mir liegt und schläft wie ein Stein, ist mir fremder als ein dahergelaufener Politiker oder ein brasilianischer Straßenköter. Ich bin einsamer mit ihm als allein.«

Ich hatte sie beschwichtigen wollen, aber das Gegenteil bewirkt. Hosonos Wut war wie ein Feuerwerk explodiert und brannte als Leuchtfackel weiter. In einem Wohnhaus auf der anderen Straßenseite trat jemand auf den Balkon und sah zu uns herab, aber ich hatte inzwischen auch den Punkt überschritten, an dem mir das noch etwas ausmachte. »Ich verstehe dich«, hörte ich mich sagen.

Hosonos Wut war bestimmt nicht nur ihr zu eigen. Es

war gut möglich, dass Chiharu Ähnliches empfunden hatte und es auch Hoyalein und Gachiko bald so ergehen würde. Vielleicht könnte sich sogar meine Mutter in die Lage hinein versetzen. Dieselbe Mutter, die vor einigen Monaten fröhlich aus meinem Becher Eiscreme gelöffelt hatte.

Während Hosono weiterredete, erblickte ich wieder den feuerroten Stern, den ich beim Verlassen meiner Wohnung entdeckt hatte. Er hing über einem Wolkenkratzer und sah aus, als würde er jeden Moment verglühen.

Und dann erlosch er für einen Moment.

Das konnte doch nicht sein, dachte ich und riss die Augen weit auf. Da war er wieder. Natürlich war er da. Ein Stern verlosch nicht so einfach. Doch als ich meine Augen angestrengt darauf fixierte, erlosch er erneut, nur um sofort wiederaufzutauchen. Es war keine Einbildung. Jetzt fiel mir auf, dass sich der Stern bewegte.

Er blinkte, und zwar regelmäßig, wie das Tuten eines Telefons. Dabei wanderte er mit konstanter Geschwindigkeit über den Himmel. Dann wurde es mir schlagartig klar: In dieser Richtung, noch ein Stück hinter den Hochhäusern, gab es einen Flughafen. Es musste sich um ein startendes oder landendes Flugzeug handeln.

»Tut mir leid, Hosono«, sagte ich. »Ich verstehe dich doch nicht.«

Hosono zog die Augenbrauen in ihrem zierlichen Gesicht, für das ich sie die ganze Zeit beneidet hatte, hoch. Was sah Hosonos Mann wohl tagtäglich in ihren wohlproportionierten Zügen?

»Dein Mann versteht dich vielleicht noch weniger. Möglicherweise versucht er es, aber das kann ich nicht beurteilen. Ich finde auch, dass er sich zusammenreißen und seinen Frust herunterschlucken sollte, wenn Yuri weint.«

Ich redete weiter und versuchte, mir in Erinnerung zu rufen, wie ich zum ersten Mal diese Straße entlanggelaufen war. Etwas erschöpft war ich gewesen, denn ich hatte gerade erst mit meinen Spaziergängen nach der Arbeit begonnen. Es war zu der Zeit gewesen, als ich so viel zugenommen hatte. Aber wann genau noch gleich?

»Vielleicht verstehen dich die anderen. Chiharu meinte, bei der ersten Geburt sei es besonders anstrengend für sie gewesen, weil sie Zwillinge bekommen hat. Sicher können viele Frauen mit dir mitfühlen, aber letztendlich ist jeder Mensch anders. Niemand kann genau wissen, wie es dir geht, Hosono.«

Winter. Ja, es musste Winter gewesen sein, denn ich hatte meinen Mantel angehabt. Ich hatte gerade die kritische Phase überwunden. Dezember also. Mein Bauch war langsam größer geworden und ich hatte mich immer mehr an das Schwangersein gewöhnt.

»In letzter Zeit lese ich viele Blogs über das Kinderkriegen«, sagte ich. »In unserem Zeitalter kann man mit virtueller Währung einkaufen und muss nicht einmal mehr ins Büro, um zu arbeiten. Warum ist das Kinderkriegen, das fast die Hälfte der Bevölkerung in ihrem Leben einmal durchmacht, dann immer noch so qualvoll? Warum muss man ein Kind an seiner schmerzenden Brust stillen und kann nicht mal dreißig Minuten am Stück schlafen?«

Ganz zu Anfang, als man mir wegen der Schwangerschaft

erlaubt hatte, pünktlich das Büro zu verlassen, hatte ich mich noch gefragt, ob ich mir das wirklich herausnehmen dürfe. Natürlich durfte ich. Eigentlich sollte es selbstverständlich sein, zu der festgesetzten Zeit Schluss zu machen.

»Und dann gibt es so viele, die sich von ihren Männern oder Schwiegereltern, manchmal sogar ihren eigenen Eltern, alle möglichen Gemeinheiten anhören müssen«, fuhr ich fort. »Oft wünschte ich, ich könnte ihnen das abnehmen, mit ihnen tauschen. Aber das kann ich nicht. Ich kann mit niemandem tauschen, kann diese Menschen nicht einmal richtig verstehen, weil ich nicht sie bin. Du stehst direkt vor mir und ich kann trotzdem nicht begreifen, welchen Schmerz, welche Qualen, welche Erschöpfung du empfindest.«

Mir kam die Weihnachtsfeier mit der Firma letztes Jahr in den Sinn. Die hätte ich mir wirklich sparen können. Seit ich allein wohnte, war mir bewusst geworden, dass man nur Zeit und Geld verschwendete, wenn man auf Trinkabende ging, zu denen man sowieso keine Lust hatte. Wieso musste man endlose Unterhaltungen und Fragen über Privates von Personen, die man kaum kannte, über sich ergehen lassen?

»Mit Sicherheit gibt es unzählige Situationen, in denen du oder Löckchen oder irgendeine aus unserer Gruppe sich vor Übelkeit übergibt oder heulend Fleisch und Paprikas schneidet, weil euer Mann bekocht werden muss, obwohl es euch selbst mies geht, während ich fröhlich einen Kuchen verspeise. Ganz bestimmt gibt und gab es diese Momente. Ich will damit nicht sagen, alle sollten gleich unglücklich sein. Im Idealfall ist niemand unglücklich. Ich auch nicht.«

Warum taten auf solchen Trinkabenden einige Personen so, als machten sie sich Sorgen um mich und meine Schwangerschaft, nur um halb grinsend gehässige oder sogar anzügliche Fragen zu stellen? Und warum musste ich das mit einem Lachen abtun? Warum waren die Straßen auf dem Rückweg danach immer so finster und kalt?

Noch finsterer war es mir aber in meiner Wohnung vorgekommen, wenn ich nach den Treffen in der Lounge, nach den Süßigkeiten und dem endlosen Gerede mit den Frauen allein dorthin zurückgekehrt war.

»Ich bin einsam«, sagte ich. »Tut mir leid, das hat jetzt wirklich nichts mehr mit dir zu tun, Hosono. Ich fühle mich schon die ganze Zeit einsam. Seit unserer Geburt steht fest, dass wir uns alle wieder trennen müssen. Vielleicht klingt es seltsam, aber ... ich kann mich noch nicht daran gewöhnen.«

Zum ersten Mal seit Langem wurde meine Stimme brüchig. In dem Haus hinter Hosono, einem roten Backsteingebäude, wie man es in letzter Zeit nur noch selten sah, ging das Licht aus.

Als Kind hatte ich in einem Wohnhaus am äußersten Rand des Schulbezirks gelebt, in dem die Firma meines Vaters für ihre Mitarbeiter Wohnungen angemietet hatte. Es hatte ein tristes blaues Schieferndach gehabt und die Hausmeisterin war eine alte alleinstehende Frau gewesen. Sie führte murmelnd Selbstgespräche und ließ ihre grauweißen Haare wie ein großes, verfilztes Vogelnest lang in den Rücken hängen. Alle nannten sie nur »die Hexe«.

Die Hexe war immer schlecht gelaunt, besonders wenn

sich jemand in den Garten hinter dem Haus schleichen wollte. Sogar nach uns Kindern schlug sie erbarmungslos mit dem Besen, wenn wir es versuchten. Es wurde erzählt, dass sie eine junge Mutter, die ihre vom Wind in den Garten gewehte Wäsche hatte zurückholen wollen, mit verworrenem Gezeter in die Flucht getrieben hätte.

Wer das Gerücht in die Welt gesetzt hatte, konnte ich nicht sagen, aber wir Kinder waren davon überzeugt, dass die Hexe Kräuter zum Giftmischen anbaute und sich einen Wachtiger hielt. Tatsächlich hörte man jedes Jahr im Frühling Nacht für Nacht seltsame Tiergeräusche aus dem Garten.

»Und dann frage ich mich, wieso sich so viele Menschen in die Angelegenheiten anderer einmischen. Sie sagen dir ihre Meinung, obwohl sie gar kein Interesse an dir haben, und behaupten, was du tust, sei verkehrt, nur weil es ihre Vorstellungskraft übersteigt. Das nervt. Es nervt extrem. Es macht mich einsam und manchmal lässt es mich vergessen, wer ich bin.«

In meinem zweiten Jahr an der Grundschule schmiedete ich den Plan, in den Garten der Hexe einzubrechen und ihn zu meinem persönlichen Spielplatz zu machen, etwas, das noch keinem der Kinder gelungen war. Die Hexe schleppte ihren schweren Körper normalerweise erst nach Mittag die Treppen hinunter, um das Gebäude zu putzen und Unkraut zu jäten. Ich wollte es daher an einem frühen Samstagmorgen im Mai versuchen, wenn meine Eltern bis neun Uhr schliefen. Die Aufregung weckte mich, und sofort war alle Müdigkeit verflogen. Ohne die Vorhänge zu öffnen, wusste ich, dass es kurz vor Sonnenaufgang war. Solange ich beim Verlassen der Wohnung ganz leise wäre, würde mich niemand bemerken. Vorsorglich machte ich den Teddybäranhänger von meinem Schlüsselbund ab, damit das Glöckchen an seinem Hals nicht den Tiger weckte.

Während ich die Treppen des Gebäudes hinabstieg, hielt ich eine Hand auf die Brust gepresst, denn mein Herz flatterte so wild wie ein junger Vogel.

»Deshalb habe ich mich für eine Lüge entschieden.«

»Eine Lüge?«

Hosonos dunkle Augen funkelten. Jetzt war ich mir sicher. Sie war die Frau im roten Daunenmantel, die ich zu Beginn des Winters hier getroffen hatte. Die Frau, in deren Bauch sich etwas erschreckend Wirkliches befunden hatte.

»Du erschaffst dir einen Ort nur für dich selbst, auch wenn er nicht wirklich ist. Bloß eine kleine Lüge, in die ein einziger Mensch passt. Solange du diese Lüge verinnerlichst und immer wieder heraufbeschwörst, trägt sie dich vielleicht an einen Ort, mit dem du nie gerechnet hast. Und, wer weiß, eventuell verändern du und die Welt sich in der Zwischenzeit sogar ein wenig.«

Es gab keinen Tiger und auch keine Giftpflanzen. Nur Farben. Sie ergossen sich über den ganzen Garten. Rosen, Spiersträucher, Pfingstrosen, Maiglöckchen, Prärieenzian und zahllose Blumen, deren Namen ich nicht kannte. Während sich die Dunkelheit der Nacht mit all ihren Geheimnissen langsam zu lichten begann und am Rand des Himmels das erste Rot zu erkennen war, frohlockte die Blütenpracht in wildem Überfluss. Behangen mit glitzernden Taudiamanten verströmten die eitlen Blumen ihr schaumiges Parfüm und betäubten meine Sinne.

Ich starrte auf meine Hände, weil ich nicht glauben konnte, dass es einem Menschen aus Fleisch und Blut gestattet war, einen solchen Ort zu betreten. Mit ungestümer Eleganz wogten die Pflanzen im Takt eines lautlosen Walzers und sahen aus, als bedauerten sie das baldige Ende des nächtlichen Balls. Jedes einzelne Blütenblatt schien das Mondlicht in sich aufgesogen zu haben, um es wieder auszustrahlen und die Betrachterin in seinen Bann zu ziehen.

Ich wollte die anmutig nach unten geneigten weichen Blüten des japanischen Blauregens berühren.

Auf Zehenspitzen streckte ich die Hand aus und vor meinen Fingern tat sich ein Riss auf. Morgenlicht. Der Tag brach an. Auf einmal ging alles sehr schnell. Der Zauber verblasste, die Farben veränderten sich, und bevor ich auch nur blinzeln konnte, hatte sich der neue Tag die kleine Welt einverleibt.

Und dann sah ich sie. Unter der Blauregenlaube stand die Hexe, zu ihren Füßen eine Schar junger Katzen, die sich von ihr mit Milch füttern ließ. Sie blickte in den heller werdenden Himmel und ließ missmutig die Schultern sinken. Nachdem sie die Milchflasche geschlossen hatte, machte sie sich in den hinteren Teil des Gartens auf, ohne mich bemerkt zu haben. Die Kätzchen folgten ihr und schmiegten sich beim Gehen an ihre Beine. Als sie aus meinem Blickfeld verschwunden waren, war der Tag bereits vollständig angebrochen. Einen Moment lang stand ich sprachlos da, dann trat ich den Rückweg an.

Meine Mutter erwartete mich bereits. Sie hatte meine offene Zimmertür gesehen, als sie zur Toilette gegangen war, und dann den Teddybäranhänger entdeckt. »Wo bist du gewesen?«, fauchte sie mich an und nahm keine Rücksicht darauf, dass mein Vater noch schlief. Ich war zu müde zum Antworten, und als meiner Mutter bewusst wurde, dass ich mich kaum auf den Beinen halten konnte, gab sie auf. Zurück in meinem Bett dachte ich halb träumend an das, was ich gesehen hatte.

Ein kleines bisschen hatte mich das Profil der Hexe unter dem Blauregen, wie sie dort die Kätzchen gestreichelt hatte, an ein Gemälde der Jungfrau Maria erinnert, das ich irgendwo einmal gesehen hatte.

Hosono wippte nicht mehr. Sie stand wie angewurzelt unter der Straßenlaterne. Yuris regelmäßiger Atem war zu hören.

Ihre Wohnung sei gleich dort, erklärte sie und zeigte auf einen gepflegten Neubau, der erst vor zwei Jahren errichtet worden war. Im Vorbeigehen war mir die Sofaecke im schicken Foyer aufgefallen. Bestimmt war es teuer, dort zu wohnen. In der Eckwohnung im fünften Stock brannte noch Licht.

»Meinst du, du kannst jetzt nach Hause?«, fragte ich.

Hosono antwortete mit einem leichten Nicken. Ihr Ehering blitzte im Licht der Straßenlaterne auf, als sie Yuri streichelte.

»Shibi.«

»Bis dann«, sagte ich und wandte mich zum Gehen, aber Hosono hielt mich zurück.

»Shibi. Heißt das, du erzählst irgendeine Lüge?«

»Ja«, antwortete ich und winkte zum Abschied. Hosono winkte zurück.

Während ich die Straße langsam wieder hinabging, streichelte ich meinen Bauch. Er hatte sich seit dem Verlassen der Wohnung etwas beruhigt. Mit der Taschenlampe meines Smartphones leuchtete ich den Weg, während ich mich an der Mauer zu meiner Seite abstützte. Unten blickte ich in den Himmel und sah im Süden wieder den roten »Stern«. Wie zuvor blinkte er in regelmäßigen Abständen und schritt gemächlich voran.

Wenn ich zurück nach Hause komme, muss ich zuerst das Licht einschalten, dachte ich.

ACHTUNDDREISSIGSTE WOCHE

Kurz vor Beginn der *Golden Week* verlagerte sich die Position des Babys weiter nach unten. Laut Schwangerschaftsapp bedeutete das, dass die Geburt nahte. Das Gehen fiel mir jetzt noch schwerer, aber ich konnte wieder frei atmen. An die Tritte hatte ich mich mittlerweile gewöhnt, ich schlief besser und mein Appetit war zurückgekehrt. »Letzte Schwangerschaftswochen, wie bewegen?«, googelte ich.

Bei den Vorsorgeuntersuchungen nahm das Baby auf dem Ultraschallbild mit jedem Mal deutlicher Gestalt an. Letztens hatte es mit den Händen ein Peace-Zeichen gemacht. Vielleicht war mein Kind ein kleines Genie.

Maternitybics war so hart wie eh und je. Bei jeder Übung fragte ich mich, ob es nicht viel wahrscheinlicher wäre, hierbei zu sterben als bei der Geburt. Trotzdem machte ich tapfer weiter. Die Frau im neonblauen T-Shirt war schon seit längerer Zeit nicht mehr dabei. Ob sie ihr Kind wohlbehalten zur Welt gebracht hatte? Ich hoffte es.

In der Umkleidekabine schenkte mir Löckchen eine duftende Körpercreme. Sie ließe sich in der Nähe ihres Elternhauses entbinden und mache sich am nächsten Wochenende schon auf den Weg dorthin, erzählte sie mir.

»Sag Bescheid, wenn es da ist, Shibi. Du bleibst doch für die Entbindung hier, richtig? Ich komme nach der Geburt auch bald zurück. Lass uns dann mal zusammen auf ein Konzert gehen. Deine Handyhülle hast du doch von einem Konzert, oder? Ich wollte dich schon die ganze Zeit darauf ansprechen, weil ich diese Band auch sehr mag. Also, was hältst du davon? Um die Kinder müssen sich an dem Tag die Männer kümmern.«

»Ja, auf jeden Fall, das machen wir!«, sagte ich. »Ich wusste gar nicht, dass wir dieselbe Musik hören.«

Während der *Golden Week* war die Stadt so voll, dass ich die meiste Zeit zu Hause blieb. Ohnehin hatte ich mir in der letzten Woche vor den Feiertagen bereits alle Filme im Kino angesehen, die mich interessierten, und in einer Kunstausstellung war ich auch gewesen. Für den Museumsbesuch hatte ich einen Werktag gewählt und dementsprechend ruhig war es gewesen. »Was für eine Farbgebung!«, »Ein wahres Genie!«, hörte ich zwei Damen vor einem Bild von van Gogh sagen. Zu gern hätte ich dem Maler, der zu Lebzeiten nur ein einziges Bild verkauft haben soll, von dieser Unterhaltung erzählt. Am Ende hatte ich mir im Museumsshop ein kleines Stoffhandtuch mit Sonnenblumenmuster gekauft. Am nächsten Tag begannen bereits die Feiertage.

Das Wetter war bislang ausnahmslos schön gewesen, der Himmel ein weites Blau, das sich förmlich in die Augen bohrte. Erste Sommergefühle kamen auf und sogar in meiner Wohnung ließ ich mich von der heiteren Stimmung anstecken. Größere Unternehmungen hatte ich nicht mehr gemacht, doch ich war auf dem Rückweg von meinen Spaziergängen täglich bei einem Eiscafé am Fluss gewesen. Das Eis nahm ich mit und aß es auf meinem Balkon. Mit Sonnenbrille, T-Shirt und kurzer Hose räkelte ich mich in der Sonne und streichelte meinen Bauch, während ich mir vorstellte, ich sei in einem Urlaubsort in Italien, wo ich in Wirklichkeit noch nie gewesen war. »Ganz schön warm und angenehm, nicht wahr?«

Als Antwort regte es sich in meinem Bauch.

Am letzten Tag der *Golden Week* bekam ich vormittags von Momoi eine Nachricht über LINE und abends einen Anruf von Yukino. Eine unserer ehemaligen Kolleginnen hatte geheiratet, ein Haus gebaut und würde nächsten Monat eine Einweihungsparty geben. Yukino wollte wissen, ob ich dabei sein würde. Ich meinte, ich hätte momentan zu viel zu tun und müsse passen. Danach unterhielten wir uns über alles Mögliche, und als wir gerade so weit waren aufzulegen, sagte Yukino unvermittelt: »Übrigens habe ich mich scheiden lassen«, womit sie das Gespräch beenden wollte. Überrascht hielt ich sie zurück und hörte mir an, was sie zu erzählen hatte. Schon immer hatte Yukino ihre Entscheidungen im Stillen getroffen. Aber vielleicht galt das in Wirklichkeit für uns alle. Yukino teilte es uns nur im Nachhinein mit. Sie war höflich.

In dieser Nacht konnte ich erst nicht einschlafen. Die Stimme des DJs aus der Radiosendung, die ich beim Kochen gehört hatte, das Bandposter an meiner Wand und das Nägelkauen eines mir fast unbekannten Kollegen tauchten in der

Dunkelheit ohne erkennbare Ordnung vor meinem inneren Auge auf und verschwanden wieder. All das hielt mich an einem Ort gefangen, den es gar nicht gab. Eine Zeit lang schwebte ich durch diesen mit seltsamen Dingen gefüllten Raum, der weder vorn noch hinten, weder Klang noch Zeit besaß, dann knipste ich das Licht an. Ich hatte etwas vergessen.

Die Augen halb zugekniffen, schaute ich auf den grellen Bildschirm meines Handys und öffnete die Schwangerschafts-App, um meinen Eintrag für den Tag zu machen. Was hatte ich gegessen? Wie viel hatte ich mich bewegt? Was hatte ich von den Bewegungen im Bauch mitbekommen? Mit jedem Satz, den ich eintippte, kamen mir neue Sätze in den Sinn, und als ich auf »Speichern« klickte, wurde mir die Meldung angezeigt: »Herzlichen Glückwunsch! Sie haben einhundert Einträge in Folge gemacht!« Zufrieden löschte ich das Licht. Diesmal drang endlich der Schlaf durch die Wände meiner Wohnung und holte mich ab. Ich kehrte zurück in eine Zwischenwelt aus Traum und Wirklichkeit.

NEUNUNDDREISSIGSTE WOCHE

»Grundstücks- und Immobilienmaklerin 1: Grundlagen. Was ist Zivilrecht? Vorbereitung auf die Befähigungsprüfung zum Immobilienmakler« – pinkfarbene und blaue Graphiken, große Buchstaben. Warum hatten Lehrbücher und Nachschlagewerke immer geometrische Formen und Figuren, die nirgendwo wirklich existierten, auf dem Umschlag? Ich öffnete eines der neuen Bücher und mit leisem Knistern befreiten sich die Seiten. Lehrbücher schienen sich seit meiner Studentenzeit kein bisschen verändert zu haben. Sogar der Geruch von neuem Papier war noch derselbe. Doch während ich auf dem Kelim lag und blätterte, kamen sie mir nicht mehr so trocken und unzugänglich vor. Sie hatten jetzt etwas Beruhigendes, vielleicht weil sie für mich als Erwachsene einen Weg aufzeigten, wie ich meiner aktuellen Lebenssituation entfliehen konnte.

»Mama will sich ein bisschen weiterbilden«, tadelte ich meinen Bauch, als das Treten wieder losging. Vielleicht beschwerte er sich, dass ich den Fernseher ausgestellt hatte.

VIERZIGSTE WOCHE

Es passierte vier Tage früher als geplant. Draußen war es noch dunkel und mein Geist beschwerte sich, unsanft aus einem Traum gerissen worden zu sein. Ich wusste sofort, dass in meinem Körper etwas vor sich ging. Erst einmal blieb ich im Bett liegen und spürte mehrmals ein leichtes Stechen wie bei Regelschmerzen. Langsam wurde es stärker und kam in kürzeren Intervallen. Ich setzte mich auf und sah mir meine Unterwäsche an, in der ich Blut entdeckte. Mir brach der Angstschweiß aus. So etwas hatte ich noch nie gesehen oder erlebt. Stumm rief ich jene Frau in meinem Geiste an, mehr aus einem Gefühl der Verbundenheit als aus Glauben.

Maria, hier bin ich wieder. Ich muss wirklich sagen: Respekt. Bestimmt hattest du große Angst, nur mit deinem Mann und einigen Pferden als Beistand ein Kind zur Welt zu bringen. Und obwohl du einen Gynäkologen oder eine Krankenschwester viel nötiger gehabt hättest, kamen dich bloß Engel und Weise besuchen. Gab es damals überhaupt schon Frauenärztinnen? Es muss im Dezember bitterkalt gewesen sein. Aber nicht einmal was das betrifft, bin ich mir sicher, denn ich kenne mich mit dem Wetter in Palästina nicht aus. Vielleicht war es sogar ziemlich heiß. Tut mir leid, dass ich so wenig Ahnung habe.

Ich bin jedenfalls in Japan und es ist Mai. Ein guter Monat, um einen Kindergartenplatz zu ergattern, wurde mir gesagt. In letzter Zeit wollen oder müssen viele Frauen nach der Geburt weiterarbeiten, denn ein Kind großzuziehen ist teuer. Zu arbeiten ist aber auch nicht einfach, denn es gibt viel zu wenige Kindergärten, weshalb man ein kompliziertes Bewerbungsverfahren durchlaufen muss, um überhaupt einen Platz zu bekommen. Chiharus Zwillingstöchter sind im März zur Welt gekommen. Da bei uns das Schul- und Geschäftsjahr im April anfängt, hatte sie wohl große Schwierigkeiten, ihre Töchter irgendwo unterzubringen. Ein Kind zu bekommen ist die Hölle, keins zu bekommen ebenso. Bestimmt fragst du dich, an was für einem verrückten Ort ich lebe. Dabei liegen gut zweitausend Jahre zwischen uns. Sieh es dir bei Gelegenheit doch einmal an.

Jedenfalls habe ich mich über Kindergärten gründlich informiert. Ich kenne mich jetzt mit dem System und den Zuschüssen aus, die ich vom Staat bekommen kann. Im Vergleich zu unserem letzten Gespräch habe ich mich ziemlich gemacht, oder? Bevor ich mich irgendwo auf dem Weg vergesse, will ich etwas für mich selbst erschaffen und meine eigene Versicherung sein, selbst wenn es auf einer Lüge beruht. Egal ob allein oder zu zweit. Auch wenn ich mir die Welt damit zur Feindin mache.

Ich stieg aus dem Bett und zog mir die Socken an.

ZWÖLF MONATE
NACH DER GEBURT

Alle außer dem Abteilungsleiter konnten mittlerweile Kaffee kochen.

»Wir haben auch grünen Tee«, verkündete Herr Higashinakano stolz.

Ich rechnete mit Teebeuteln, wurde aber eines Besseren belehrt, als er mir das Kännchen zeigte. Für die Teeblätter wurde im Internet eine Großbestellung aufgegeben.

Zurück am Arbeitsplatz nach der Babypause hatte ich schnell festgestellt, dass sich die Stimmung in meiner Abteilung verändert hatte. Nach dem vierten Klingeln nahm nun immer jemand das Telefon ab. Wenn die Kiste mit der Post überlief, verteilte derjenige, dem es auffiel, die Briefe an die zuständigen Mitarbeiter. Leere Tintenpatronen im Kopiergerät wurden nicht mehr ignoriert, sondern ausgewechselt. Auch Müll auf dem Boden hob man auf. Außerdem war der Brauch, mit Süßigkeiten die Runde zu machen, einem Tisch namens »Snack-Theke« gewichen, an dem sich jeder selbst bedienen konnte. Heute schnitt Herr Tanaka einen Baumkuchen an.

»Der kleine Sorato ist wirklich niedlich.«

Herr Higashinakano gab mir mein Handy zurück, das er genau begutachtet hatte.

Ich folgte bei Instagram einer Mutter, die im Mai einen Jungen zur Welt gebracht hatte, und speicherte all ihre Fotos und Videos, um sie zu zeigen, wenn jemand mein Kind sehen wollte. Dank der fleißigen Mutter entwickelte sich Sorato prächtig. Er konnte seit Kurzem aufrecht stehen, wenn er sich festhielt. Sein Lieblingsspielzeug war eine Robbe, die rasselte, und wenn ihm Musik gefiel, wackelte er vergnügt mit dem Hintern. Ich hoffte inständig, dass sich diese Mutter von nichts und niemandem, auch nicht von Hasskommentaren, unterkriegen lassen und zumindest solange weiterposten würde, bis mein Umfeld das Interesse an Sorato verloren haben würde.

»Die Arbeitsbedingungen für Mütter sind gut, finde ich«, sagte eine der Frauen auf der Bühne. »Es war kein Problem, Mutterschafts- und Erziehungsurlaub zu nehmen, und wenn mein Kind plötzlich Fieber bekommt, sind die Kollegen sehr verständnisvoll. Sie lassen mich dann früher Schluss machen, damit ich es aus dem Kindergarten abholen kann. Kinder bekommen ständig Fieber.«

»Ja, ich muss auch oft in den Kindergarten, weil es irgendein Problem gibt«, pflichtete ihr eine andere Frau bei. »Ehrlich gesagt wünschte ich, mein Mann würde sich mehr einbringen, aber ich habe wenigstens das Glück, dass meine Eltern in der Nähe wohnen und helfen können. Ein Ratschlag an Sie alle: Suchen Sie sich einen Freund, der mit anpackt!«

Höfliches Lachen ertönte in dem Saal und meine beiden Kolleginnen aus der Personalabteilung, die das Event leiteten, ließen zufrieden ihre Blicke durch den Raum schweifen.

Die heutige Veranstaltung trug den Namen: »Seminar zur Karriere- und Lebensplanung«. Sie war an Studentinnen kurz vor dem Abschluss gerichtet, die sich nach Jobs umsahen, und es durften ausdrücklich nur Frauen teilnehmen. Alle Abteilungen hatten eine »Angestellte mit Erfahrungen im Bereich Mutterschafts- und Erziehungsurlaub (Alter: 25–44)« auswählen müssen, um während des Seminars eine Rede zu halten. Auch mir war die Ehre zuteilgeworden. Eine der Organisatorinnen griff nach dem Mikrophon.

»Frau Shibata, Sie haben doch erst letztes Jahr ein Kind bekommen und sind diesen Monat an Ihren Arbeitsplatz zurückgekehrt. Wie ist es Ihnen bislang ergangen?«

Die Frau sah mich an. Sie sind an der Reihe, schienen die Augen unter ihrem perfekt geföhnten Pony zu sagen, während sich auf ihrem Gesicht Grübchen wie bei einem Eichhörnchen bildeten. Das hier war mein erstes Zusammentreffen mit dieser Frau, die während meiner Abwesenheit in unserer Firma angefangen hatte. Vermutlich hatte sie ihren feinen hellbeigen Anzug nur für diesen Anlass aus dem Schrank geholt. Ich schaltete das Mikrophon ein.

»Ja, ich bin wirklich gerade erst zurückgekommen, und es läuft sehr gut. Dank der Unterstützung meiner Kollegen kann ich um kurz nach fünf Uhr gehen, um meinen Kleinen vom Kindergarten abzuholen.«

»Wie schön. Haben sich Ihre Aufgaben irgendwie verändert? Erzählen Sie uns doch bitte auch, wie Ihre Familie Sie unterstützt und was Ihre weiteren Karrierepläne sind.«

Ich dachte kurz nach.

»Meine Aufgaben, nun ja …«, sagte ich dann. »Eigentlich mache ich dasselbe wie früher, aber seit meiner Schwangerschaft muss ich nicht mehr den Kaffee kochen, den Kühlschrank aufräumen und das Mädchen für alles spielen. Ich kann mich jetzt besser auf meine eigentliche Arbeit konzentrieren. Was die Unterstützung von der Familie angeht, kann ich nur sagen, dass ich nicht verheiratet bin und auch keinen Freund habe. Meinen Eltern habe ich nichts von dem Kind erzählt. Zum Glück ist der Junge sehr pflegeleicht. Nachts schreit er zum Beispiel überhaupt nicht. Schließlich haben Sie mich noch nach meinen Karriereplänen gefragt. Dazu kann ich sagen, dass ich mit dem Gedanken spiele, zu kündigen und den Beruf zu wechseln. Deshalb lerne ich momentan für eine Prüfung.«

Die ältere Personalerin gab hastig einer anderen Rednerin das Wort. Nun zierten das Gesicht des Eichhörnchens keine Grübchen mehr. Sie tat mir ein wenig leid. Vielleicht sollte ich mich nachher bei ihr entschuldigen. Aber … wofür?

Während ich den anderen Rednerinnen lauschte, sah ich mir die Studentinnen in ihren Kostümen an. Ich fragte mich, wie viele es wohl waren, ob sie alle motiviert ins Arbeitsleben starteten mit Hoffnungen für die Zukunft und dem Wunsch, einmal selbst ein Kind zu bekommen.

Was mich betraf: Ja, ich wollte ein zweites. Am besten noch vor meinem siebenunddreißigsten Geburtstag.

DANK

Bei meinen Recherchen zu der Papierrollenfabrik habe ich Unterstützung von den Firmen Nihon Shikan Kogyo und Daisan Shika Kogyo erhalten. An dieser Stelle möchte ich mich noch einmal herzlich dafür bedanken.

ANMERKUNG

Der Roman verwendet die japanische Zählweise der Schwangerschaftswochen, bei der die erste Woche als Woche null gezählt wird.